隣はシリアルキラー

中山七里

集英社文庫

隣はシリアルキラー　目次

隣はシリアルキラー

一　寺の隣に鬼が棲む

1

ざあああっ、ざあああっ、ざあああっ。

また始めやがった——寝ていたところを起こされ、神足友哉は腹立ち紛れにタオルケットを撥ね除ける。

スマートフォンで時刻を確認すると午前二時二十分。タイマーを設定していたエアコンは既に切れている。元々性能が悪かったこともあり、ワンルームだというのに冷気はほとんど残っていない。神足はじっとりとした額から汗を拭う。この時間に起こされたら、次はなかなか寝つけないのは経験済みだ。

盆を過ぎて尚、都内は熱帯夜の連続記録を更新し続けている。熱中症患者搬送のため、夕方以降も救急車の稼働率が下がらないらしい。現に今も、セミの声に交じって、遠くからサイレンの音が聞こえる。

撥ね除けたタオルケットはそのままに、枕に顔を埋めてみる。それでもいったん逃げてしまった睡魔はなかなか戻ってきてくれない。このまま寝つけなければ、間違いなく明日は寝不足だ。注意散漫が事故に直結する仕事なので、下手をすれば寝不足が死を招きかねない。

ざあああっ、ざああああっ、ざああああっ。

福利厚生の充実を謳っていながら寮は安普請で、壁が薄くて防音効果はほとんどない。そのため隣室でトイレやシャワーを使うと盛大に音洩れがする。深夜の入浴を禁止する規則はないが、さすがに二時過ぎというのは近所迷惑だと思う。音洩れに配慮して静かにシャワーを浴びればいいものを、全く気にしていない様子なのも腹立たしい。独身寮の気安さがマイナスの方向に働いているとしか思えない。

隣室203号の住人とはまだ一度も顔を合わせたことがないが、どんな人物かはおおよそ判明している。一階にある集合ポストに〈徐浩然〉という名前があるからだ。

勤め先の〈ニシムラ加工〉では、年に数人の外国人技能実習生を採用している。おそらく徐はそのうちの一人なのだろう。しかし神足には外国人名の知識が乏しいため、彼が中国人なのか韓国人なのかは分からない。分かっているのは、およそ共同生活とか近隣への配慮に欠けた傍迷惑な男に違いないということだった。

ただし深夜の入浴は毎日ではない。始まったのは二日前からで、それまでは遅くても十一時、早い時には八時に入浴を済ませていたはずだ。この三日間は帰宅するのも遅かったので、散々夜遊びしていたのだろう。どちらにしても寮住まいであるなら、最低限のマナーは守ってほしいところだ。

ざあああっ、ざあああっ。

シャワーを浴びる音がひとしきり続いた後、今度は別の音が聞こえてきた。

ぐし、ぐし、ぐし、ぐし。

ぎりっ、ぎりっ、ぎりっ。

何をしている音かは判然としないが、決して耳に心地いいものではない。水回り・調理・掃除といった耳慣れた生活環境音とは別の、もっと乱暴で粗雑な音だ。

ぎりっ、ぎりっ、ぎりっ。

どんっ。

ざあああっ、ざあああっ。

切り落とした物体を洗い流しでもしているのだろうか。到底リズミカルとは言いかねる物音は、聞いているうちに生々しい光景を連想させる。調理は調理でも、料理店の厨房で食材を捌(さば)いているような音だ。

まさか風呂場で仕込みでもしているのかよ——神足は中国人が半裸になって牛刀を振

り下ろしている光景を思い浮かべる。意外にそれが真相かとも勘繰ったが、よくよく考えてみれば神足と同じく一人暮らしの男性が、捌くのを必要とするような食材を買うはずもない。

　まさかな。

　一瞬、頭の隅によからぬ想像が浮かぶ。

　浴室を血の池にし、自らも返り血を浴びながら死体の解体に勤しむ男。その顔は喜悦に震え、唇の端からはちろちろと赤い舌を覗かせている。

　馬鹿らしい——神足は妄想を振り払って、また枕に顔を埋める。暑苦しいと妄想まで酷くなるものらしい。

　首筋から流れた汗がシャツに滲んでいる。神足は不快感を堪えながら眠ろうと努力するが、変な妄想をしたために余計眠れなくなった。

　やがて隣人は入浴を終えたのか、浴室を出た。ややあってエアコンの起動音も聞こえてきた。どうやら隣人はひと風呂浴びた後、冷風に身体を委ねて熟睡しようとしているらしい。こちらは眠れずに悶々としているというのに。

　とにかく近所迷惑であることに変わりはない。明日以降も続くようなら、管理人に伝えて即刻やめさせてもらおう。

　仕方なく神足はもう一度エアコンのスイッチを入れる。建物と同等の年季が入ったエアコンは盛大な音を立てて動き始めた。

結局、神足はまんじりともせず朝を迎えた。始業は午前八時、工場は寮から歩いて十分の場所にあるから病気以外に遅刻の理由は有り得ない。神足は眠い目を擦りながら部屋を出た。

隣室を一瞥する。隣人は既に出社したらしく、人のいる気配がしない。くそ。こっちは寝不足だというのに、原因を作った本人は快眠して早々と出社したのか。

神足は胸の裡で悪態を吐きながら寮の階段を下りていく。三階建てでエレベーターの必要はないと言われればそれまでだが、足を乗せる度にかんかんと鳴る鉄製の階段はまるで昭和時代の遺物のように思える。

今日も猛暑は続く。朝八時前だというのに、はやアスファルトからは陽炎が立ち上っている。寮と工場が近いからいいようなものの、これが数キロも離れていたら出勤だけで体力が奪われるに違いない。

勤め先の〈ニシムラ加工〉は大田区内にあった。中小の工場がひしめき合う地域で、朝から晩まで工作機械の音が途切れることがない。猥雑でありながら活気に満ちており、神足はすっかりその空気に馴染んでいた。

工場に到着した神足は、すぐに更衣室で作業着に着替えて朝礼に臨む。

「皆さん、おはようございます。申し送り事項は特にありませんが、今日も安全第一、確認遵守で作業してください」

主任の訓示は毎度代わり映えしないが、これも一種のセレモニーと考えれば聞き流せる。安全第一と確認遵守は我が身に関わることなので、訓示されるまでもなく頭と身体に叩き込んでいる。

訓示が終わると、間髪を容れずに作業開始となる。帽子とマスクで顔を覆い、神足たちは作業場に足を踏み入れる。

作業場に入った瞬間、自然に緊張感が湧き起こる。〈ニシムラ加工〉はメッキ加工を主軸とする工場だった。神足が入社したのは二年前でメッキ加工の工程はすっかり頭に叩き込んでいるものの、それでも気を抜くことはできない。

加工といっても、金属をメッキ液に浸ければそれでお終いという単純なものではない。工場に納入されてくる金属製品は防錆や加工性向上のために油脂が塗布されている。このままメッキ加工すると密着不良の原因になるので、まず脱脂から作業が始まる。脱脂には薬液が使用され、今度はその薬液を他の薬液槽に持ち込まないために水洗する必要がある。この時、脱脂が不充分だと次の工程に進めないため超音波洗浄機を併用する場合もある。

次にメッキしやすくするため金属を酸に浸潤させるのだが、この工程では塩酸や硫酸が使用される。ひと口に金属といっても化学組成や炭素量、合金元素がばらばらなので熟練のメッキ職人が素材に合致した薬品を選定することになる。尚、こうした薬品でも微細な凹凸面に付着したバフカスなどは除去できないためガスの圧力で電解脱脂する。メッキ加工前の工程はまだ続きがある。メッキを付けやすくするため、素材を酸活性させるのだ。

いよいよメッキ加工に移行するのだが、この段階に至るまで既に数種類の薬剤が使用されている。その多くが劇物指定されている有毒化学物質で、皮膚に付着すれば薬傷を引き起こす。いや薬傷だけに留まらない。メッキ加工の過程では中毒・呼吸器系の障害・アレルギーを誘発する危険の他、濡れた床面での転倒・転落による傷害、浮遊粒子による目の損傷、感電・火災・爆発・落下物など枚挙に遑がないのだ。

まるで危険の巣窟のような職場環境だが贅沢を言える身分ではない。自分のような者を雇ってくれるだけでも有難いと思わなくては。

神足の持ち場は酸浸漬工程だった。マスクをしていても酸特有の刺激臭が繊維の隙間から侵入してくる。深く吸い込むと眩暈を起こすこともあるので、ここを持ち場にしている作業員は呼吸を浅くするのが常だった。

換気扇はあってもエアコンはない。夏場の作業場内はうだるような暑さで、三十分も立っていると額から滝のような汗が流れ出てくる。蔓延する刺激臭と熱気は集中力を削ぎ、注意力を奪う。

いつもなら悪条件の中でも作業を続行できるのだが、今日は三日分の寝不足が加わっていた。

何度か気を取り直したが、次第に眠くなってきたのだ。

意識が朦朧となり、目蓋が重くなっていく。

馬鹿、眠るな。

己を叱咤するが、睡魔は猛烈な勢いで迫ってくる。ちょうど目の前には酸浸漬槽があるというのに。槽内では硫酸が金属に付着していた錆や酸化皮膜を溶解して白い泡を立てている最中だ。この中に手足を突っ込んだら、とんでもない惨事を引き起こす。

せめて離れろ、と頭の隅で警報が鳴り響く。だが中枢神経には届かず、頭がゆっくりと下がっていく。

まずい。

本能が慌てふためくが、理性が麻痺している。

次第に平衡感覚が遠ざかり、身体が傾いていく。

駄目だ。

近づく。

近づく。

「何やってんだあっ」

すんでのところで自分の身体を羽交い締めにした者がいる。振り返ると、同じ作業区で働く矢口正樹だった。

「あ……ああ、すみません。ぼうっとしてました」

「ぼうっとしていたじゃない。いったい、自分がどこに立っていると思ってるんだ」

矢口は神足を酸浸漬槽から遠ざけて、手近にあった椅子に座らせる。

「いや、ホント。大丈夫ですから」

「何が大丈夫なもんか、この馬鹿野郎っ」

矢口は神足を強く揺さぶる。怒声と揺さぶりで、ようやく睡魔は退散してくれた。

「もう少しで硫酸のプールに上半身突っ込みそうだったんだぞ」

真顔で迫られ、意識の覚醒とともに恐怖が遅れてやってきた。額から噴き出るのとは別の冷たい汗が腋から流れる。

「命拾いしました。ありがとうございます」

「……頼むわ」

矢口は安堵とも呆れともつかない溜息を吐く。溜息の深さで、ようやくこの男に心配させていた深刻さも思い知る。

矢口は一年先輩で、神足に作業の手順を教えてくれたトレーナーでもある。面倒見がよく、教え方も丁寧なので神足が信頼を寄せる数少ない友人の一人だった。

「いったい、どうしたってんだ。いつもは声を掛けづらいほど緊張してるヤツがよ」

常に目を配ってくれているのだと知り、ますます申し訳なくなった。それでも最低限、言い訳だけはしたかった。

「理由にならないかもしれないけど、寝不足なんですよ」

昨夜、隣室から聞こえる騒音で無理に起こされたことを訴える。訴えたところで矢口は別の独身寮に住んでいるので、何をどうすることもできない。言い換えればどんな責任も発生しないので気軽に打ち明けられる。

「うーん、技能実習生かあ」

矢口はそう洩らすなり困惑顔になる。

「日本語が通じるヤツとそうでないヤツが交じっているからなあ。通じないヤツだったら抗議するにも骨が折れる」

「実感籠(こも)ってるように聞こえるんですけど」

「ウチの寮にもいるんだよ。深夜のシャワーじゃないんだが、零時近くまで仲間と一緒にドンチャン騒ぎしやがるんだよ。挙句の果てにはあの狭いワンルームに五、六人が寝泊まりしている」

わずかワンルームの空間に六人。すし詰め状態ではないか。

「それじゃあ、ほとんど民泊じゃないですか」

「ほとんどじゃなくて、まるっきりそうなんだよ。もっとひどい時にはカップルでラブホ代わりにしてる時もあってよ。ほら、寮の壁ってどこも薄いだろ？　さすがにあの時は寝られなかった」

　好色な笑みもなく、矢口はひたすら迷惑そうに洩らす。独身男なら聞き耳を立てるという選択肢もあるのだが、何しろ危険と隣り合わせの上、拘束時間が長い仕事ときている。睡眠時間の確保が最優先になるので、それを妨害するものは色事であっても御免こうむりたい。

「僕よりひどいじゃないですか。管理人に言えばいいのに」

「管理人に言ってもらったところで、あいつら『日本語アマリワカリマセーン』で終いだ。会社に直訴したって、会社は会社で負い目があるから強い態度に出られない」

　説明を聞くと、神足も訳知り顔で頷くしかなかった。〈ニシムラ加工〉が抱える負い目については現場の人間なら周知の事実だ。

　彼らは母国で契約書にサインをしてから日本に送られ、技能実習生として期限付きで雇用される。ところが〈ニシムラ加工〉では契約書に明記された残業代を支払わないばかりか、基本給さえ満足に支給していなかった。会社にとって彼らは技能実習生とは名ばかりの、ただ安価な労働力でしかなかったという訳だ。

明白な契約違反でありながら技能実習生たちが表立って抗議しないのは、彼らには彼らなりに負い目があるからだった。本国から渡航する際、彼らは多額の借金を背負っている場合が多い。毎月の給料の中から少しずつ返済するのだが、会社に下手に逆らうと解雇処分の上、本国へ強制帰国させられてしまう。そうなれば借金が返済できず、本国での生活はますます厳しくなるという寸法だ。本来であれば監理団体が契約違反や職場内ハラスメントを監視しなければならないのだが、該当する団体は能無しなのか会社から便宜を図ってもらっているのか、未だに動いたという話を聞いたことがない。

技能実習生たちにも会社にもそれぞれの負い目があるので、多少は行き過ぎても見て見ぬふりをしているという図式だ。こうなると、どちらが被害者でどちらが加害者なのかも曖昧になってしまう。

「俺は耳栓を常備している」

矢口は溜息交じりに言う。

「近所迷惑なのはその通りだが、現場で一緒に働いているとそれなりに同情心も湧くしな。知らない国にやってきて不当な条件で働かされてるんだ。大概のことには目を瞑ってやろうとも思う」

「だけどこの仕事、寝不足は死活問題ですよ」

「現に今、お前は死にかけたものなあ。ただよ、管理人や会社に訴えても効果がないのは分かってる。それなら自分で何とかするしかないぞ」

割り切れない気持ちに変わりないが、自分で解決しろというアドバイスは腑(ふ)に落ちた。顧みれば神足も一方的に技能実習生や会社を指弾できる立場ではない。同様に負い目があるのなら、自助努力は必然ということか。

「おい、そこの二人っ」

藪(やぶ)から棒に野卑な声が飛んできた。作業主任の来生(きすぎ)だった。

「何、勝手に休憩取ってるんだ。さぼんじゃねえ。さっさと持ち場に戻れえっ」

こちらの都合など聞こうともせずに怒鳴る。来生というのは作業員を休ませないことが自分の使命と心得ているフシがある。同じ日本人作業員に対してはまだ口頭で済ませているが、技能実習生に対しては遠慮会釈なく手を上げている。傍で見ていて気分のいいものではないが、作業員の中には技能実習生が虐待されているのを見て日頃の鬱憤を晴らしている者もいるので、正義漢面(づら)で止めに入ると今度は己に火の粉が降りかかってこないとも限らない。

神足と矢口はほぼ同時に舌打ちをして、それぞれの持ち場に戻る。

午前中に神足を苦しめた眠気は、昼飯を摂(と)った直後に再度襲ってきた。だが二度目の襲来は、わずかな仮眠を取ることで何とか回避できた。自販機で買ったエナジードリンクを一気飲みして自分に暗示をかけ、午後の作業もうつらうつらせずに済んだ。

問題は今夜だった。今日一日無理をしたのは身体が一番自覚している。上手くすれば横たわった途端、泥のように眠れる予感がある。しかし今夜もまた隣室の徐に起こされたらどうなるのか。明日は今日より厳しい状況に追い込まれるのが、容易に予想がつく。

寝てやる。今夜こそ熟睡してやる。

コンビニエンスストアで発泡酒と弁当を買い、寮に戻るや否やエアコンのスイッチを入れ、慌しく弁当を掻き込む。胃袋に血液が集まる前に素早くシャワーだけを浴びる。これで血の循環がいい具合になるはずだ。

浴室から出るとエアコンの涼風が肌を刺す。今夜に限ってはタイマーも設定しないでおく。相も変わらぬ騒々しい音を立てるが、先に寝入ってしまえば気にもなるまい。

念には念を入れるべく、最後の仕上げに発泡酒を呷る。寝不足のせいか、いつもより早く酔いが回ってきたような気がする。

しばらくスマートフォンでネットサーフィンをしていると、上手い具合に目蓋が重くなってきた。エアコンの騒音も耳に慣れ、冷気が心地いい。

この機を逃してなるものか――風邪をひかぬよう腹から下をタオルケットで包み、横臥していると意識は急速に遠のいていった。

ざあああっ。

夢の世界に遊んでいた神足は、またもや例のシャワー音で現実に呼び戻された。

「クソッタレ」

つい言葉が口をついて出た。いっそ隣室に向かって怒鳴ってやろうか。

スマートフォンで時刻を確認する。午前二時十五分。やはり昨夜と同じ時間帯だ。

目覚めてみると酔いはすっかり醒めていた。エアコンはけなげに働き続けているが、外気に押されているのかさほど涼しくもなくなっていた。

ざああああっ、ざああああっ。

起き抜けで自制心が麻痺していた。

「おい、こんな時間にシャワーなんて非常識だろう」

隣室に向かって声を荒らげた。だがしばらく反応を窺ってみても、シャワーの音は相変わらずだ。

「聞こえないのか、おい。聞こえてるんだろう」

向こうのシャワーの音が洩れているのなら、こちらの声が聞こえないはずがない。

「聞こえてるんだよな。もういい加減にしてくれ」

再度、声を上げる。それでも一向に音は止まない。

「こっの野郎」

壁際に近づいて、おそらくは浴室と思しき側に向かう。

「今すぐシャワー、止めろおっ」

言葉だけではなく、壁を叩く。

一度。

そしてもう一度。

だがシャワーの音は途切れることなく、続いている。

「止めろったら止めろおっ」

知らぬ間に絶叫していた。

途端に反対側の壁から別の声が聞こえた。

『うるさいぞお』

どうやら反対側の住人を起こしてしまったらしい。とばっちりもいいところだ。こんなことで反対側の住人と喧嘩になってもつまらない。不本意だったが、神足は一転声を低くした。

「近所迷惑ってのが分からないのか」

シャワーの音に掻き消されているのか、それとも日本語が理解できないのか。やがてシャワーの音は、別の音にとって代わった。

ぐし、ぐし、ぐし。

ぎりっ、ぎりっ。

さすがに今度は気味悪さが先行した。

連日連夜、浴室で何を切断し、何を砕いているのか。抗議しても止まない物音と行為は、ひどく凶悪な性格を想起させる。

ぎりっ、ぎりっ、ぎりっ。

乏しい冷気の中、腋の下からつつうと冷たいものが滴り落ちる。

これは自分の妄想に違いない。

すぐ隣の部屋で人体を解体しているなど、有り得るはずがない。

だが聞けば聞くほど、物音は禍々しい印象が強くなっていく。壁に耳をつけていた神足は、ゆっくりと後ずさる。

ごとん。

切断された何かが床に転がる音。

矢庭に恐怖心が降りてきた。神足は布団に戻るとタオルケットを頭から被り、音を遮断しようと試みた。

だがタオルケットの薄い生地では、重ねたところで防音効果はなきに等しい。集中力が呼び起こされたせいで、隣室からの物音は前よりも克明に聞こえる始末だ。

ざあああっ、ざあああっ。

振り出しに戻った。あのシャワーは解体した時に噴き出る血を洗い落としているのか。それともシャワーの音に紛れて、別の禍々しい行為をしているのか。

耳を塞いでみても結果は同じだった。それなりに音は小さくなっても、想像力が補整して脳裏に響き渡る。音だけではなく、血で血を洗う地獄絵図まで展開する。

やめてくれ。

後生だから、もうやめてくれ。

虚空に向かって祈ったが願いは聞き入れられず、隣室からの物音はその後一時間続いた。

神足は目と頭が冴(さ)えてしまい、その夜も安眠できなかった。

2

翌朝はかつてないほど最悪の気分だった。

隣室の徐が死体を解体しているという妄想こそ朝の到来とともに雲散霧消したものの、度重なる睡眠不足は神足の忍耐力を確実に削ぎ落としている。今なら誰と言葉を交わしても喧嘩腰になるような予感がする。

頭痛も深刻だった。寝しなに一気呑みした発泡酒が、一番悪いかたちで残っている。元来、あまりアルコールに強い方ではない。寝不足と二日酔いのダブルパンチで、さっきから頭の芯が鈍く重い痛みを訴えている。まるで頭の中で鐘が鳴っているようだ。

最悪の状態でも病気でないなら出社しなければならない――ブラック企業だの何だのと批判しても、所詮従業員の声は細く弱々しい。近頃は人手が足りず休日も返上して働いているし、そもそも指定劇物の至近距離で作業させながら、危険手当さえ支給しないような会社だ。今更休暇申し出のハードルの高さを嘆いても仕方がない。

いつものように朝食抜きは当然として、工場に到着する前にカフェインをたっぷり摂取する以外にいい方法を思いつかない。小耳に挟んだところではエナジードリンクに含まれるカフェインの量はコーヒー一杯分とさほど変わらないというから、がぶ飲みしたところで大した効果は期待できない。情けない話だが、最悪今日だけは酸浸漬槽および劇物から離れた場所での作業を申し出てみよう。主任の来生はいい顔をしないだろうが、無理をして大事故を起こす危険を考えればそれもやむなしだ。

神足は頭痛を堪えながら玄関ドアを開ける。途端に熱気が襲い掛かり、足が自然に止まった。

体感では昨日よりも暑い。工場内の室温も高くなることが予想される。寝不足の重なった現状、危険度は増す一方だ。

頭が重いが足も重い。身体を引き摺(ず)るようにして部屋を出た瞬間、人の気配に気がついた。

問題の203号室。そのドアが開いたところだった。

二階の廊下は身を隠す場所もない。神足はその場に立ち尽くしてドアから姿を現した人物と対面する。

こいつが徐浩然か。

小柄な男だった。身長一六五センチの神足よりも低い。短髪で丸顔、目と眉が細く服装はTシャツにジーパンとおよそ特徴に乏しい。

ただし態度は印象的だった。神足と顔を合わせるなり薄く笑ってみせたのだ。

「オハヨウゴザイマス」

奇妙な抑揚はやはり外国人のそれだった。

返事をしようとしたが、言葉に詰まった。こちらには、挨拶より先に言うべきことがある。

「あなたは徐(じょ)さんですか」

まるで中学一年の英文和訳のようだが、相手が日本語に堪能でないのなら構わないだろう。

徐は一度だけ頷いた。

「ジョ……イイエ。ワタシ徐浩然デス」

　スーと読むのか。それでは急ぎ本題に入ろう。

「最近、深夜にシャワーを使ってますよね。ここの建物、壁が薄くて隣の物音が筒抜けになるんです」

　プライバシーが守られていないことがすぐに理解できないのか、徐は薄笑いを浮かべたままこちらを見ている。

「徐さんも〈ニシムラ加工〉に勤めてますよね。だったら寝不足が不測の事態を引き起こす可能性、分かりますよね」

　徐の表情は全く変わらない。まるで薄笑いの面をつけているようだった。

「不測の事態、分かります？　工場には危険な薬物がそこら中にあって、ちょっと躓いただけでも大事故に繋がる。だから作業している僕たちはいつも細心の注意を払っている。寝不足はそのまま事故に直結する。特に僕の持ち場は酸浸漬槽の真ん前だから、一日中危険がつきまとっている」

　神足なりに真剣に訴えてはいるものの、徐はまるで暖簾に腕押しで依然表情に変化がない。

　次第に神足は不安を覚えていく。本当は、徐はこちらの言葉が分かっているのではないか。分かっていながら分からないふりをしているだけではないのか。

「だから、あなたが夜遅くにシャワーを使うと、隣の部屋で寝ている僕が迷惑するんだ。分かってくれましたか」

徐は笑顔のまま、首を横に振る。

「ゴメンナサイ、ヨク分カリマセン」

「夜中に音を立てるなって言ってるんだ。あんたの国にも、そういう常識はあるだろ」

「ワタシ、中国カラ来タ」

「ああ中国の人ね。ご丁寧にどうも。いや、それはいいんだけど、ここは社員寮だからもっとマナーを守ってもらいたいんです。もう真夜中の入浴は控えてもらえませんかね」

「ワタシ、中国人ネ」

「中国から来たなら、そりゃあ中国人でしょう。そうじゃなくって、最低限の規則、いや、別に寮に細かい規則がある訳じゃないけど、集合住宅に住むってことは互いに気を配るということで」

「キ？」

「気配りというのは配慮とか遠慮とか……ええと、とにかく他人の都合を考えることです。分かりますか」

「思イヤリ。分カリマス」

「深夜にシャワーを使うのは、思いやりに欠けています。だからなるべくやめてください」

「思イヤリ。分カリマス」

同じ表情に同じ言葉。

本当に理解しているのか、それともしていないのか。あるいは理解した上でこちらをおちょくっているのか。顔色を窺っただけでは皆目見当もつかない。

だが確実に苛立ちは募っている。こちらが一生懸命になればなるほど、相手は平然としているように見える。被害者はこちらなのに、どうしてこんな歯痒い思いをしなければならないのか。

「あんた、本当に分かっているのか」

つい言葉が尖る。だが徐の返事は神足の神経を逆撫でするものでしかなかった。

「思イヤリ。分カリマス」

こいつは俺を馬鹿にしている――怒りが、口にしてはいけない言葉を吐き出させた。

「いったい、あんな時間に風呂場で何をしているんですか。まるで死体をバラバラにするような音だけど」

その途端、徐の表情が一変した。

細い眉がぴくりと上下し、薄笑いが消えた。神足は一瞬、息を止める。今の言葉を境に攻守が逆転してしまった。今まで一方的に問い質していたはずの神足が、あっという間に防衛に回らされる。

「何ノコト」

「いや、まるでそんな音がしたってだけで決めつけている訳じゃないんだけど」

「アナタノ言ウコトガ分カリマセン」

今度は分かりませんときたか。

「モウ、工場ガ始マル」

徐は感情の読めない能面のような顔で、神足の脇をすり抜けようとする。気味悪さを感じ、神足は反射的に道を空ける。

狭い廊下で男二人がすれ違おうとすれば、どうしても肩が触れそうになる。すれ違う瞬間、神足の鼻腔が異臭を嗅ぎ取った。

洗い流すだけでは、なかなか落ちない血と脂の臭い。衣服や肌の露出部分からではなく、短く刈り込んだ髪からぷんと臭った。

皮膚についた臭いはシャワーで落とせる。だが頭を洗い忘れたとしか思えない。それくらい明確な異臭だった。

そしてすれ違った直後のことだった。

二人の足元を、２０３号室から黒いものがすり抜けていった。

大きなゴキブリだった。元来、ゴキブリが苦手な神足は反射的に後ずさる。ところが徐は顔色一つ変えることなく、あっという間にゴキブリを踏み潰してしまった。

何の躊躇（ちゅうちょ）もなく、何の罪悪感もない様子だった。

立ち尽くす神足を尻目に、徐は一度も振り返らず鉄階段を下りていく。かんかんと乾いた音が神足の耳に突き刺さる。

鼻腔の粘膜に溶け込んだ臭いが、神足の恐怖心を駆り立てる。妄想のつもりだったが、不意に現実味を帯びてきた可能性がこの上なくおぞましい。

いや、やはり妄想だ。

入浴の後に肉料理を自分で調理したということも充分に有り得る——。

本当か。本当に有り得るのか。あの熱帯夜の中、深夜二時過ぎにシャワーを浴びてから臭いのきつい夜食を口にする可能性と、浴室で死体を捌いていた可能性とどちらが大きいのか。

思考が恐怖に阻まれて混乱する。どんなに信憑（しんぴょう）性があろうと、頭の中だけで組み立てたものは所詮妄想の域を出ない。だが五感で感じたものは真実でしかない。徐の頭髪から漂う血肉の臭いは、神足の想像が妄想でないことを証明するものだ。

徐の後ろ姿が視界から完全に消えて尚、神足は一歩も動けずにいた。まるで金縛りに遭ったかのように身動きすらできない。

たった今、徐が出てきたばかりの203号室。神足は引き寄せられるように、玄関ドアに耳を近づけていく。ドアに密着させて中の様子を窺ってみる。無人であるはずの部屋からは何の音も聞こえないが、無音が却って不気味さに拍車をかける。

二階に立っていても地面から熱気が立ち上ってくる。

しかし神足は背中に身震いするほどの悪寒を感じていた。


徐と言葉を交わしたお蔭で、蓄積していた眠気はどこかへ吹っ飛んでしまった。いつもと同じ時刻に工場に到着、作業に入っても注意力は全く途切れない。理由は明白だ。徐への警戒感が神経を研ぎ澄まさせているのだ。

酸浸漬槽の前に立った時に緊張は頂点に達した。槽の中ばかりではなく、つい背後を振り返って何者かが立っていないかと確認する。いささか過剰な警戒だという自覚はあるが、どうしても死角が気になる。

昼休憩のベルが作業場内に響き渡ると、自然に身体が反応した。一気に肩から力が抜け、深い溜息が洩れた。よほど緊張していたらしく、自分で触れてみた肩は鎧のように強張っていた。

慌しくコンビニ弁当を掻き込み、作業棟の外に出る。陽射しは強いが、日陰に入ればいくばくかの風が吹いてくるので過ごしやすい。少なくとも換気扇しかない息苦しい作業場に比べれば別天地だ。

　壁に凭れてひと息吐く。喫煙者ならここで一本取り出すところだろうが、生憎神足はタバコを吸わない。そもそも指定劇物を大量に扱う工場の敷地内は、どこも喫煙禁止とされている。

「よお」

　声のした方を見ると矢口が癖のある歩き方で近づいてくるところだった。矢口は喫煙者だが、休憩時には口寂しさを誤魔化すためにポッキーを咥えているのが常だった。

「今日はまたいったいどうした。いつもより気が張ってたじゃないか」

「よく観察してましたね」

「昨日の今日だからな。いつ酸浸漬槽の中にダイブするんじゃないかとはらはらしてた」

「すいませんね、心配かけて」

「本人からああいう状態を聞かされた上で、目の前で事故られてみろ。後でどんだけ罪悪感に襲われることか」

「……ですよね。面倒見のいい矢口さんなら、僕を監視するのも当然か」

「要らんお節介だろうけどな。ま、一度そのテの事故が起きて人死にでも出たら、会社側の配慮で職場環境が少しは改善されるかもしれんが」

「……前言撤回します」

「そんな訳でずっと様子を見てたら、いつも以上にぴりぴりしてるんだからな。昨夜はアドバイスした通り、耳栓して死んだように眠ったのか」

「いいえ。逆ですよ。夜中の二時過ぎに叩き起こされてからは一睡もできませんでした」

「それじゃあ、前の晩とまるっきり一緒じゃないか。それでよく作業中に寝落ちしなかったな」

「ぼんやりしてたら寝首を掻かれそうで」

「何か穏やかな話じゃなさそうだな。よかったら話してみるか」

元より矢口に秘匿しておくような話でもない。神足は昨夜自分が覚えた違和感とともに、今朝の徐の印象をありのままに伝える。話を聞き終わった矢口は、困惑顔でこちらを一瞥する。

「あのな、聞かせろと言った手前、こんなことは言いたくないが、それってお前の先入観ていうか偏見じゃないのか」

「何に対しての偏見ですか」

「中国人に対してのさ。夜中の物音だとか不気味な第一印象とかで、すっかり凶悪犯扱いじゃないかよ。足元に走ってきたゴキブリだって、見慣れてたら躊躇なく踏み潰すだろ。ウチの寮なんて、どこもゴキブリの巣窟だし」

偏見と指摘され、改めて自分の胸に訊いてみる。中国人と聞いて真っ先に挙げたくなる特徴は何か。確証もなしに思い込んでいるものはないか——。

「確かによ、爆買いしたり、何か仕出かして捕まったりした中国人を見てると、ああやっぱり俺たちとは文化が違うわとか思うけどよ。あれだって突出した例だからな？　一対一で話したら俺たちと感覚も礼儀も似たようなもんだって」

「言葉が通じませんとね。意思の疎通ができないと、やっぱり何を考えているか全然分かりませんよ」

「同じ日本人同士だって、何考えているか分からないヤツなんていくらでもいるぞ」

「矢口さんは中国人に理解があるんですね」

「中国人だけじゃなく、外国人一般に対してだよ」

矢口の口調は穏やかだが、わずかに熱を帯びていた。

「ウチみたく技能実習生を受け入れている会社は沢山ある。おんぶにだっこじゃないが、3K仕事を外国人に押しつけているのが現実だし、きっと将来は今よりもっと外国人が増えると思う」

「どこかみたいに移民の国になるってことですか」

「そこまで極端なかたちになるには相当時間がかかるんだろうけどな。だって地下鉄やら交通機関を使ってみろ。表示板にアナウンス、どこでも数カ国語が飛び交っているじゃないか」

言われてみればその通りなので、神足はひと言も返せない。

「そんなに気になるなら、部屋を替わるってのはどうだ。問題は一挙に解決する」

「独身寮、どこも空きはないって聞いてますよ。それに、隣の物音が気になるっていう程度じゃ会社も移るのを許してくれないでしょう」

「要するに独身でなくなったらいい訳だろ。さっさと身を固めたらどうだ」

「……独身歴も先輩の矢口さんに言われたくありませんね」

正直に言えば、部屋を替わるどころか転職まで考えたのだ。しかし即座に自分で却下した。転職したところで今以上の生活が保証される訳もなく、新たな就職先を見つけられる自信もなかった。

「第一なあ、隣に住んでいる人間が死体をバラバラにしてるって、完全にホラー映画のノリじゃないか。お前って、そういう映画観(み)るのが趣味なのかよ」

「趣味じゃないです。でもですよ、そうしたら風呂場から聞こえる物音はどう説明するんですか。まさか料理が趣味で、風呂場で仕込みしているんですか」

「へえ、面白い話してるじゃない」

突然、二人の会話に割り込んできた声があった。

声の主は白衣のポケットに両手を突っ込んで歩いてくる。後ろで無造作に纏(まと)めた髪と小さめの眼鏡。ナチュラルメイクで目立たない格好をしているが、よく見れば目鼻立ちは整っている。

別宮紗穂里(べつみやさほり)、工場の最終検査員。メッキ処理済製品の密着テストや膜厚テストを行った上で検査成績書を作成するのが彼女の仕事だ。仕事の性質上、いつも白衣を着用しており、グレーの作業着の神足たちとは見た目もずいぶんと違う。神足とは同期入社であり、ついでに言えばプライベートでも深い親交がある。

「立ち聞きかよ。趣味悪いぞ」

矢口が窘(たしな)めると、紗穂里は肩を竦(すく)めてみせる。

「そんな大声で話してて立ち聞きも何もないと思うけど」

「女が聞いて愉快な話じゃないぞ」

「風呂場で料理の仕込みをする話でしょ。何が問題なの」

矢口は悩んだ顔を神足に向ける。彼女にどこまで話せばいいかという確認だった。どうせ誤魔化しは利かない相手だ。それなら自分の口から説明した方が、紗穂里も納得するだろう。

神足は矢口の前に出る。

「実はここ数日、気味の悪いことがあってさ」

順を追って今回の経緯を話していく。最後のゴキブリを踏み潰した件になると、紗穂里は露骨に顔を顰めてみせた。

「それ、矢口さんの言う通り、神足くんの妄想大爆発のような気がする」

他人のいる前では、彼女は神足をくんづけする。二人の関係を知っている矢口には無用の他人行儀だが、一度沁みついた癖はなかなか直らない。

「妄想大爆発は、ちょっとひどくないか」

「だって何一つ証拠がないんでしょ。正体不明の物音とゴキブリを躊躇なく踏み潰した行為とを結びつけて、勝手に妄想を膨らませただけだと思う」

検査の仕事に従事しているからでもないのだろうが、紗穂里は神足や矢口よりも論理的な考え方をする。どちらかといえば情緒に流れ、感情に身を任せる自分とは対照的であり、だからこそ惹かれたのだろうとつくづくそう思う。

「でも、すれ違った瞬間、彼の頭から生臭いような嫌な臭いを嗅いだ」

「それだって焼肉か何かの移り香かもしれないじゃない」

「深夜の二時過ぎに焼肉かい」

「その徐って人、最近は戻りの時間も遅いんでしょ。外食していないのなら、夜食の時間も当然ずれ込む」

「それにしたって風呂場で食材の仕込みをするのは、いくら何でも不自然だろ」

「包丁捌きが下手な人だと、キッチンをとんでもなく散らかすしね。風呂場で仕込みするって、案外理に適(かな)っているかもね。汚れてもすぐに洗い流せるし、服も汚さずに済むし」

　紗穂里は神足の申し立てを的確に潰していく。これは神足の想像力と紗穂里の論理のせめぎ合いみたいなものだろう。そして意見を闘わせれば、大抵の場合神足は持論を引っ込めざるを得ない。

「寝不足が重なれば論理的思考も鈍る。論理的思考が鈍れば妄想が膨らむ。妄想が膨らめばなかなか寝つけなくなる。それでまた論理的思考が鈍る。典型的な悪循環よ、それ」

　紗穂里は少しだけ顔を近づけてきた。

「だからといってアルコールや刺激物、特にカフェイン類の大量摂取は何にもならないどころか、却って逆効果」

「最終検査員は医者の真似(まね)事もするのか」

「あなたの健康のために忠告してやってるんだから、素直に聞きなさい」

　二人のやり取りを、矢口はにやにやしながら傍観している。

「へいへい、忠告ね。全く有難い話だ。じゃあ親切な最終検査員兼女医さん。僕は安眠を得るために、いったい何をしたらいいんだ。まさか二人分働けば、疲れて寝られるなんて言い出すんじゃないだろうな」

「別に二人分働かなくたって、疲れる方法はいくらでもあるでしょ」

「真っ昼間からエロい話だなあ」

「そこの外野、黙ってなさい。あのね、基本的に作業場は立ち仕事がほとんどで、しんどい割に運動量は少ないのよ。だから終業後にジョギングとかして軽い汗でも流してみたら。それだけでも、ずいぶん違うよ」

「折角の提案だけど、連続猛暑日の中でジョギングなんかしたら疲れる以前に脱水症状を起こす。僕を殺すつもりか」

紗穂里はもう一度、肩を竦めてみせた。

3

安眠を妨げたあの不気味な音も五日は続かず、ようやく神足はひと晩中泥のように眠ることができた。

ところが目覚めはそれほど快適ではなかった。夢見が悪過ぎたせいだ。

大抵の夢は目覚めた瞬間に忘れるものだが、これはひどかった。何しろ夢の中で神足自身が解体されているのだ。

神足を解体しているのは、もちろん徐だ。場所は見慣れた風呂場。寮の部屋はどこも同じ造りだから、これは不自然ではない。徐は例の薄笑いを浮かべながら、身動きの取れない神足に向かって鉈を振り下ろしている。

振り下ろされる鉈は刃が鈍く、一度や二度の斬撃では四肢が千切れない。何度も何度も肉を裂き骨を砕いて、やっと腕一本が分離する。

神足は自分が解体されるのを下から眺めている。痛みこそ感じないが、恐怖だけは現実そのままに感じる。手足が切断される毎に絶望と喪失感が伸し掛かるが、ひと声も発することができない。

そのうち神足は芋虫のように全身を捩らせて、徐から逃げ出そうとする。四肢はもう失ってしまったのか、付け根からの感覚がまるでない。

風呂場の床を這いずり回る。だが、どれだけ進んでも出口ははるか遠くにあり、ものの数十センチ進んだところで肩を掴まれる。

そしてまたひと振り、ふた振り。

繰り返しの中、相変わらず絶望と恐怖だけが募る。

目が覚めた時には、全身が汗でびっしょりだった。タイマーを設定していたエアコンはとうに切れており、汗塗れのシャツが肌に纏わりつくので、すぐにシャワーを浴びて着替える。

ようやく人心地がついたものの、それでも夢見の悪さが頭の隅に残っている。物音がすれば眠れない、眠ったら眠ったで悪夢に苛まれる。踏んだり蹴ったりとはこのことかと思う。

悪夢に苛まれようが一応は熟睡できたので、少なくとも肉体は休めたはずだ。無理に自分を納得させて、自室を出る。有難いことに今朝は徐と鉢合わせをせずに済んだ。

今日も朝から暑い。部屋から出た途端、熱気が全身を包み込む。睡眠不足が続いていたら軽い眩暈を起こしてもおかしくない。ただし神足に関しては、この暑さもちょうどいいウォーミングアップになる。工場の作業場内の蒸し暑さはこんなものではない。

寮から工場まで歩いて十分。その間に京急の駅がある。いつも通勤ラッシュの時間とかち合い乗降客を搔き分けるようにして進むのだが、今朝の駅前は様子が違っていた。

改札へ向かう入口に中年の夫婦が立ち、乗降客にビラを差し出している。

「情報提供にご協力くださーい」

「娘に関する情報なら、何でも結構でーす」

「情報提供にご協力くださーい」

「お願いします。今も、娘はどこかで怯えているんです」

ずいぶん前から呼び掛けていたのだろう。夫婦ともに声が掠れがちだった。

父親と思しき男性は喉が痛むのか、時折下を向いて咳いていた。だが通行人に呼び掛けるのを一向にやめようとしない。

「ご通行中の皆さん、聞いてください。わたしたちの長女東良優乃が消息を絶ってから五日が過ぎてしまいました。警察にも届け出ましたが事件でもない限り彼らは本気になってくれません。わたしたちが独自に捜そうとしても手掛かりが少なく、未だに娘を見たという人にも巡り合っておりません」

横の母親も負けじとばかりに声を張り上げる。

「五日前、優乃は柄物のシャツに膝下丈のスカートで出勤して、そのまま戻りませんでした。きっと今もその格好でいると思います。何でもいいんです。そういう女の人を見掛けたというだけでも結構ですから、わたしたちに連絡をください。後生です。お願いいたします」

最後の言葉は絶叫調だった。だが乗降客も通行人も大部分の者が二人を無視して通り過ぎていく。

不意に実家の両親を思い出した。二十歳を過ぎた頃からほとんど顔を合わせていないが、決して忘れた訳ではなかった。その両親の顔と目の前に立つ夫婦の顔が重なる。神足は吸い寄せられるように二人に近づいていった。

「一枚ください」

まるで待っていたかのようにビラが渡される。差し出した母親は神足の顔を見て、「どうかよろしくお願いします」と頭を垂れた。

「娘さん、早く見つかるといいですね」

「ありがとうございます。頑張ります」

ひどく思い詰めた目に居たたまれず、神足はそそくさとその場から立ち去る。

Ａ４サイズのビラには消息を絶ったという女性の写真とプロフィールが記載されていた。

身長一五二センチとあるので背は高くない。均整の取れた身体で目鼻立ちも整っており、楚々というよりは活発な印象を受ける。

名前は東良優乃、二十五歳。住所は大田区大森南○‐○。駅からさほど離れていない。ついでに言えば〈ニシムラ加工〉の近所でもある。

『娘の東良優乃は八月十五日、川崎の会社を退社してから消息を絶ちました。その時着ていた服は柄物のシャツに白の膝下丈スカートです。当日の午後七時からの情報を求めています。川崎から大田区大森南まで、直接見たでも伝聞でも構いません。連絡先は東良〇三‐○○○○‐○○○○まで。

（謝礼は薄謝となりますがご容赦ください）』

写真はスナップ写真らしい。印刷も家庭用のプリンターで刷った手作り感が満載だった。だが、その稚拙さを嗤う気にはならない。却って家族の真剣さが窺えて記載内容に見入ってしまう。

振り向くと、東良夫妻は行き来する人々に空しく呼び掛け続けていた。

早く見つかればいいと言ったものの、本心では真逆のことも考えていた。

こうした消息不明の場合は対象者が無事に帰宅するとは限らず、最悪の事態も予想される。あの夫婦に絶望をもたらすよりは、嘘でもいいから希望を繋いでやった方が親切ではないかと思ってしまう。

路上で受け取ったビラは一度目を通せば捨ててしまうのが常だが、不思議に東良優乃情報提供協力願いのビラは捨てる気になれなかった。眺めていると紙面から東良夫妻の執念が立ち上ってくるようで、今はとてもゴミ箱に放り捨てるような真似はできない。

昼休み、作業棟の壁に凭れて漫然とビラを眺めていると、矢口がやってきた。

「真面目くさった顔して何を見てるんだよ。作業手順のレジュメか」

「いや、そういうのと全く関係ないんだけど」

ビラを渡されると、矢口も字面を追い始めた。

「へえ、この大森南云々て工場の近所じゃんか」

「ええ。だからちょっと気になって」

「勤め先が川崎ってことは電車で一本か。じゃああの駅で下車して自宅に帰ってたんだよなあ」

「でしょうね」

「これ、警察が動いて……ないわな。もしちゃんと捜査しているなら川崎から大森南までなんて、範囲広げないだろ」

矢口の言わんとすることは神足も理解できる。東良優乃が電車通勤しているのなら定期はICチップ内蔵のカードのはずだ。ICチップ内蔵なら、当日の乗降記録はセンターに残っている。警察の捜査が入れば消息を絶ったのが電車に乗る前か降りた後なのかは、たちどころに判明するはずだった。

「まあ警察が捜索に乗り出した時点で、家族がビラ配りなんてしないしな。事件にならなけりゃ、警察が行方不明者の捜索に本腰入れる訳もないし」

「詳しいですね」

「高校時分によ、近所の女の子が行方不明になったんだよ。学校の帰りに消息絶って、親が警察に駆け込んだんだけどまるで相手にされなかったんだって。それは別に警察が冷淡とかじゃなくて、親との折り合いが悪くて家出するケースも少なくないからだそうだ。学校でイジメとかの問題があるのかもしれない。そうなると民事の話になるから警察が介入しづらくなるものな」

「その、近所の娘さんはどうなったんですか」

「渋谷で補導されたよ。まあ最終的には警察の厄介になったんだけど、警察が本腰入れなくて正解だった訳だ」

「この東良優乃さんもそうなんですかね」

「どうかな」

矢口はポッキーを咥えながら言葉を濁す。

「中高生ならともかく、二十五歳の成人女性だからな。五日も消息を絶っているのは明らかに変だよな。ただ、成人しているからといって親との折り合いが悪かったとか、男のところに転がり込んでいるとかだったら、やっぱり警察の出る幕じゃない。警察が消極的になるのも仕方のないことではあるんだよな」

「意外だな。矢口さんて警察の肩を持つんだ」

「別に肩なんか持ってねえよ」

矢口は面倒臭そうに言うと、懐から取り出したスマートフォンを操作し出した。どうやらお目当てのサイトを見つけたらしく、画面を見ながら喋る。

「ここ十年、行方不明者ってのは全国で年間八万人以上いるんだってよ。それも警察が届け出を受理した数でだぞ。受理しなかったり、そもそも届け出をしなかった件数含めたら間違いなく倍はいくよな。そしたら十六万人だぜ。そんな大勢の行方不明者、一人一人捜すようなマンパワーが警察にあるとは思えないんだよ。だから警察の肩を持つとかじゃなくて、純粋に人手不足って話さ」

矢口の計算は大雑把だが、届け出を受理した八万件に限っても大した数と言える。確かに全国の警察官が出動しても全員を捜索するのは不可能だろう。彼らには行方不明者の捜索以外にも重大犯罪の捜査や日々の業務が待ち構えている。

「その東良優乃さんなら管轄は蒲田署かな。そうなると余計に、行方不明者関係には人員を配置できないんじゃないのか」

「蒲田署がどうかしたんですか」

「これこれ」

矢口が差し出した端末には、過去のネットニュースが表示されていた。

神足も見出しを一瞥しただけで事件の概要を思い出した。

五月、ゴールデン・ウィーク明けの八日、蒲田の住宅地で女性の死体の一部が発見された事件だった。住宅街の隅に設置されたゴミ集積場から腐敗臭が漂っているのを近所の主婦が嗅ぎつけ、「生ゴミを出す日じゃないのに」と袋を確認したところ、人体の下腹部らしきものが出てきたのだ。

知らせを受けて蒲田署の捜査員が駆けつけた。下腹部は明らかに女性のものだったが、腐敗が進んでいて年齢は不明だったという。急遽蒲田署には捜査本部が設けられ、周辺に他の部位がないか捜索が行われたが、ネットニュースが報じる限りでは発見されなかったようだ。

「この死体の主が誰なのかも報じられていない。バラバラ死体なんだから、身元が判明したら続報くらいあって当然だろ。それが未だにないってことは、まだ捜査続行中って意味だ。五日前の行方不明者に関わっている余裕なんてないに決まってる」

矢口は断定口調だが、実は途中から頭に入っていなかった。

ネットニュースを見ていながら、どうしてこの可能性に思い至らなかったのか。数日前から、徐の部屋から聞こえてきた不気味な物音。あれこそは、発見された被害女性の残った部位を解体している音ではなかったのか。

脳裏に夢で見た光景が甦る。薄笑いを浮かべながら鉈を振るう徐。そのひと振り毎に風呂場の中に血飛沫が舞う。

「ホント、お前って考えてることが顔に出るよな」

矢口の呆れたような声で、神足は我に返る。

「え」

「え、じゃねえよ。今、隣の中国人がバラバラ殺人の犯人じゃないかと疑っただろ」

「蒲田と大森南だったら、そんなに離れてないじゃないですか。それにバラバラ事件だったら辻褄も合うし」

「合わねえって」

矢口はこれも断定的に言い放つ。

「いいか。死体の一部が発見されたのはゴールデン・ウィーク明けだったんだ。あれから三カ月も経っている。しかも七月からこっち連続して猛暑ときている。死体なんぞとっくに腐ってるぞ」

「まあ、腐りますよね」

「死体の腐敗臭ってのはすごいらしいじゃないか。テレビで見たことあるけど、解剖の場に立ち会うだけで髪の毛に臭いが滲み込むらしい。寮の部屋なんて碌な防音もできないほど隙間だらけだ。隣にそんなものが置いてありゃ、当然異臭が洩れてくるよな。第一、三カ月も前の話だろ」

神足は記憶を巡らせる。そう言えば隣室から初めて怪しい物音がしたのは、やはりゴールデン・ウィークが明けた頃ではなかったか。

「あのな、三カ月も前から死体を放置していて、それで一切何も変な臭いを感知しなかったんなら、お前がよっぽど鈍感なのか、さもなけりゃ重度の鼻炎だ」

「でも、たとえば死体を冷蔵庫の中に保管しておけば、腐敗も臭いも抑えられるんじゃありませんか」

「寮の部屋には最初から冷蔵庫が備え付けだったよな」

「はい」

「あんな独身用の、ビール瓶半ダースで満杯になるような冷蔵庫に、人一人分の死体が収まるか？　バラバラにしたところで頭一つ収納するのがやっとだぞ」

言われてみればその通りだ。備え付けの冷蔵庫にはスイカひと玉すら入らない。それはスーパーの特売で手に入れたスイカを入れようとした際に分かったことだ。

「蒲田で人体の一部が発見されたのと、お前の隣の部屋で妙な物音がしたのを、無理に結びつけようとするから、そんな妄想になる。まあ、そもそも脈絡なく無理に結びつけるのが妄想なんだけどな」

ひどい言われようだが、的を射ているのも確かだ。

「今日の顔色を見る限り寝不足じゃないよな。それなら昨夜は例の物音はしなかったのか」

「ええ。収まりました。でも、いつなんどき再開するか……」

「そんな風に気にするから、また寝られなくなる。布団に入る前に強い酒呑んじまえば終いさ」

「いや、酒に弱いもので」

「それならすぐ酔えるだろ。却って有利じゃないか」

少なからず落胆した。親身になってくれているようで、矢口にしてみれば所詮他人事なのだ。割り切りや酒の力で安眠できるのなら、とっくにそうしている。

改めてビラに視線を落とす。駅前で必死に呼び掛けていた夫婦の顔が思い浮かぶ。

実状はおそらく矢口の推測した通りなのだろう。東良夫婦がどれだけ深刻さを訴えても、警察では取り合ってくれない。当事者にしてみれば絶望と疎外感が増すばかりで、ああした実効性のない行動に駆り立てられる。

まだ消息を絶ってから五日だ。どこからか、ひょっこりと現れてくれればいいのだが——そんな風に考えていると、いきなり矢口に肘で小突かれた。

「噂をすれば何とやらだぞ」

矢口がそっと指差す先に徐の姿があった。

〈ニシムラ加工〉では中国人のみならず、ベトナムやタイからの技能実習生も募っている。意思の疎通のしやすさや仲間意識があるせいだろう、就業時間以外は同じ国の出身者同士でつるんでいる。満足に言葉の通じない国で働く者たちにしてみれば当然の行動だろう。休憩時間ともなれば、あちこちに小さなコミュニティーが出来上がる。

ところが徐は一人きりだった。

中国人実習生の溜まり場は他にあるというのに、彼らとは離れた場所でぽつねんと立っている。携帯端末を弄るでもなく、食べ物を頬張るでもなく、ただ壁に凭れて虚空を眺めている。近くに誰もいないので素の顔をしている。

ぞっとした。

薄笑いでも充分に気味が悪いのに、虚飾の表情を剝ぎ取った顔には、まるで人間味を見出せない。虚ろで、感情の欠片もなく、精巧なマネキン人形のようだ。

視線に気づいたのか、徐がゆっくりとこちらに顔を向ける。神足は思わず矢口の背中に回って身を隠す。

「おい、いきなりどうしたよ」

「すいません。ちょっとだけ隠れさせてください」

「お前、被害者の立場だろうが」

「被害者側だろうが加害者側だろうが、苦手なものは苦手なんですよ」

矢口は天を仰いで短く嘆息する。

「なーんか、保護者になった気分だな」

徐はこちらを一瞥しただけで気が済んだのか、そのままぷいと顔を背けて向こうへ行ってしまった。

「こんな場所でこそこそしたって、寮に帰りゃ嫌でも鉢合わせするだろうに」

「いや、今日は取りあえずその可能性も小さいんで」

「どうして」

「ちょっと約束があって」

大した散財はできないが、ささやかな贅沢を楽しむ日だった。

神足は不吉さを払い除けるつもりで、ビラを丸めて近くのゴミ箱に投げ捨てた。


終業後、いつもと違う経路を辿り蒲田駅へ向かう。この辺りはとんかつ屋の激戦区で、高級店から大衆店まで揃っている。激戦区なのでぼったくりや不味い店は見当たらず、神足のように安月給でも、そこそこの味が愉しめる。

目当ての店を見つけて暖簾を潜ると、相手が先に到着していた。

「お疲れさま」

紗穂里は神足を見つけると小さく手招きをする。念のために周囲を見回してみるが知った顔はない。

「待ちきれなくて先に頼んでおいた。友哉、特上ロースかつでよかったよね」

「ん。それでいい」

自分を下の名前で呼んでくれるのは紗穂里だけだ。もちろん二人きりでいる場合に限られるが、呼ばれる度に何故か安らいだ気分に浸れる。

「待たせて悪い」

「急に残業しろって言われたんでしょ。ホント、来生主任って作業調整下手よね。歩留まり悪くなるのなんて午前中に判断しとかなきゃいけないのに」

「その点、最終検査はいいよな。定時にはきっちり終われるんだから」

「友哉たちが残業した分の検査は明日に持ち越しだから一緒じゃん」

面子(メンツ)が揃ったので、早速二人分の酎ハイがジョッキで運ばれてきた。乾杯して、まず喉を潤す。

「だけどいい度胸してるよね。こんないい女と食事できるってのに、とんかつ屋選ぶんだから」

「この店にしろと言ったのはそっちだろ」

「この界隈で店を選べと言われたら、リーズナブルかどうかで選ぶしかないじゃない。選択肢なんてないも同然」

「お互い、給料も大して変わらないしな」

「次は六本木(ろっぽんぎ)方面を期待したいところね」

「次のボーナスまで待って」

「まさか、釣った魚にエサはやらないとか思ってるんじゃないでしょうね」

「どっちが釣られたかは議論の余地があるよな」

「あー、そういうこと言うんだ」

紗穂里は唇を尖らせる。ちょっとした仕草だが、神足の胸はそれだけで満たされる。

「幸せそうな顔してる」

いきなり指摘されたので慌てた。頬が緩んでいたのは自覚している。鏡を見せられたら、きっと腑抜けた顔をしているに違いない。

「実際、ほっとしている。こうして誰かと差し向かいでとんかつ食べるのは、とんでもない幸せじゃないかって」

「神妙な顔で何を言い出すかと思えば」

「今も胸が潰れるような思いで家族が戻ってくるのを待っている人たちは、何を食べても美味しいとは思わないだろうな」

「何のことよ」

駅前でビラを配っていた夫婦の話を聞くと、紗穂里もわずかに表情を暗くした。

「へえ、警察は相手にしてくれないんだ」

「行方不明というだけじゃ駄目みたいだな。やっぱり死体が出てこないと」

休憩時間に矢口と話したことを繰り返すと、聞いていた紗穂里は露骨に顔を顰めた。

「あのねえ。これから肉を食べようとしている女性の前で、普通そういうグロい話する？　デリカシーないの？　それともシュミなの？」

「悪かった。ソッコーで忘れてくれ」

「イメージが強烈過ぎて簡単に忘れられないわよお」

折も折、最悪のタイミングで二人分の皿が運ばれてきた。

「へいっ。特上ロースかつ定食、二人前お待ちぃ」

つい今しがたまで文句を言っていた紗穂里は、途端に相好を崩して箸を手に取る。

「いっただきまーす」

「……デリカシーはどこに飛んだんだ」

「人間は三大欲求には勝てないのよ」

さすがに呆れたが、腹が空いているのは自分も同様だ。神足も箸を摑んでとんかつを突き出す。

しばらくはとりとめのない話を続ける。職場の話、今はまっているサイト、流行りの映画。

特にどうということもない刺激のない時間が心地いい。早朝から昼間にかけて物騒な話題で頭が一杯になっていた反動だろうか。

まるでぬるま湯に浸かっているようで、思考が緩んでくる。

東良夫妻は気の毒だが、どうせ他人の家の話だ。娘も近々ばつの悪い顔をして戻ってくるに違いない。

蒲田の住宅地で女性の遺体が発見された事件も、結局は他人事だ。日本の警察は無能ではない。いずれ残りの部位も犯人も見つかるだろう。

ジョッキ半分ほど空けた時点で早くもほろ酔い気分になってきた。手っ取り早く酔えるという点で、自分はひどく安上がりにできている。

朦朧としてきた頭の中に、周囲の会話が無遠慮に流れ込んでくる。下卑た声も甲高い声もするすると侵入してくる。

だが、ある声で不意に意識が覚醒した。

「また新しい死体が見つかったんだってよ」

新しい死体だと。

矢庭に聴覚が鋭くなる。

「え。その話、知らない。ソースはどこよ」

「ソースも何も、さっきネットに上がってたぞ。情弱かよ」

「放っとけ。えっと、蒲田で下腹部が見つかっただろ。あれの続報かよ」

「続報かどうかは微妙だな。同一人物のものかどうかまでは断定してなかったみたいだし」

「新しい死体はどこで発見されたんだよ」

「大井埠頭(おおいふとう)の埋立地だってよ」

「それだって近所じゃねえか。怖っ」

確かめなくてはいけない。神足は自分のスマートフォンを取り出し、ニュースサイトを検索し始める。

該当の記事はトップ扱いだった。

『二十日午後、東京・品川区大井埠頭の埋立地で女性と思われる遺体の一部が発見された。腿から切断された両足がゴミの中で見つかったと通報があり、東京湾岸警察署がこれを回収、年齢不詳の女性の身体の一部であることを確認。現在、遺体の身元の特定を急ぐとともに、五月に大田区蒲田で発生した死体損壊・遺棄事件との関連を調べている』

別の部位の発見。

だが、まだ同一人物のものとまでは特定できていない。

二つの報道内容がぐるぐると頭を巡っている。

紗穂里に話し掛けられて我に返った。

「ちょっと」

「食事中にスマホ見るだけでも行儀悪いのに、デートの相手を前にぼんやりするってどういう料簡なのよ」

「悪い」

「今日は謝ってばかりじゃない。いったい反省する気あるの」

紗穂里の抗議はもっともだったが、この時ばかりは耳をすり抜けていく。報道を見る限りは無関係な事件の可能性もある。しかし神足自身は、どうしても無関係に思えなかった。

4

翌日になると、大井埠頭の死体損壊・遺棄事件の続報が流れた。

発見された両足は腐敗の度合いが激しく、当初は女性のものとも特定できなかったらしい。報道では詳細な表現を避けているものの、つまりは男女の別さえ困難なほど原形を留めていなかったという意味に解釈できる。

更に蒲田の住宅地で発見されたものとは別人らしかった。DNA鑑定か血液鑑定かは不明だが、検査の結果明らかになったということだ。ただし、それで別個の事件として扱われるかといえばさにあらず、警視庁が乗り出して特別捜査本部を設置したという。

ネットニュースの全てを信用する訳にもいかず、客観的と思える事実のみを繋ぎ合わせると、警察は二つの死体を別々の事件ではなく、連続殺人と捉えているようだった。

理由は皆目見当もつかない。確かに死体を解体し、ゴミと一緒に放置しておくという態様は似ているが、腐敗臭が流出する危険性を考慮すれば、悪臭漂う場所に捨て置くのが最も賢い選択のように思える。おそらく報道されていないことで、警察が何らかの共通点を見出したのだろう。

連続バラバラ殺人は、世間とマスコミに甘美な刺激を与えた。死体損壊だけでも大した猟奇性なのに、二件続けてとなれば犯人の精神性に興味が湧いてくるのだろう。特別捜査本部設置のニュースを皮切りに、ネットでは早速無責任な意見や決めつけが横行し始めた。元々のネタが猟奇性充分であるため、派生する噂や流言飛語の類もまた人の生理を掻き乱すような腐臭を纏っていた。

隣室から聞こえる物音の件もあり、神足はネットからの情報収集に躍起になった。矢口から気のせいだと片づけられたものの、自分の中ではまだ整理がついていない。バラバラ事件の情報を見聞きする度に、徐の顔が脳裏に浮かんでくる。昼飯を食う時間も惜しくなり、お蔭で食事後の休憩時間を最大限活用できた。

とにかく最新の情報が欲しい。わずかでも進展があるのなら知りたい。世間の関心が高い事件なら、捜査本部も悠長な仕事はしていられないはずだ。

悠長に構えていられないのはマスコミも同様だ。視聴者・読者の要望に応えるべく熱心な取材合戦を行っているはずだから、裏の取れた事実は我先に報道すると思われる。彼らも速報性を鑑みてまずはネットに上げるだろうから、目を離している暇がない。そして心置きなくネットを探れるのは、就業中は昼休憩の時間に限られる。

作業棟の外に出て、昨日と同じ場所に向かう途中で足が止まった。

神足と矢口が壁に凭れて話していたところに、今は徐が立っている。それだけではない。彼が手にしているくしゃくしゃの紙片こそ、神足がゴミ箱に放り捨てたはずのビラだった。

徐はビラを広げて見入っている。昨日と同様に素の顔で表情と呼べるものは微塵(みじん)もない。

いったい彼がどれだけ日本語に通じているのか分からない。工場での作業にそうそう複雑な工程はなく、主任の注意さえ厳守していれば作業遅滞もアクシデントも発生しないようになっている。加工機械に貼付されている注意書きを読み込む必要がないから、日本語の読み書きができなくても作業は進められる。従って、ビラに記された東良夫婦の訴えをどこまで理解できるかは不明だった。

しかしビラには東良優乃の写真が載っている。それだけでも徐には充分な情報なのではないか。

やがて徐はビラを再度丸めて、ゴミ箱に戻す。こちらを振り向きかけたので、神足は慌てて物陰に隠れる。

幸い徐は反対側の方へと姿を消した。神足はほっと安堵するが、心臓はまだ早鐘を打っていた。

次第に恐怖が募ってきた。

昨日、徐は神足に気づいていない様子だったが、本当は見ていたのではなかったのか。

今しがた徐が興味を示したのはビラに記載された情報そのものではなく、神足が何を読んでいたのかが気になったのではないか。

無関心なふりをしながら、その実神足の行動を窺っているのではないか。

次々と想起する可能性を検討しているうちに、至極当たり前の事実に辿り着く。

仕事中はまだいい。神足と徐の作業区は離れており、すれ違う機会さえ稀だ。だが仕事が終わって寮に戻れば、否応なく隣同士になってしまう。

薄い壁一枚隔てた向こう側で、徐が息を潜めてこちらの様子を窺っているのだ。

正午過ぎのこの時間、風が途切れれば日陰も相当な蒸し暑さになる。

ところが神足は背筋が寒くてならなかった。


終業後も神足は悩んでいた。

先に寮に帰って怯えながら徐の帰宅を待つか、それとも徐が寝静まるのを待って帰宅し布団に潜り込むか。状況は似たようなものだが、精神的な負担はいくぶん違うのではないか。だが、あまり遅く帰宅したのでは、また睡眠時間が短くなってしまう。

逡巡した結果、早く帰ってから酒を呑むことに決めた。酒が美味いと思ったことなど一度もないが、睡眠薬代わりだと思えば無理にでも呑み込める。ドアを施錠してチェーンもしておけば、おいそれと侵入もできまい。後は悪夢さえ見なければ万々歳なのだが。

途中のコンビニエンスストアで発泡酒を買い、寮に戻る。隣室から明かりは洩れていないので、徐はまだ帰宅していないらしい。

早めに風呂を済ませ、酒で酔い潰れてやろう。そう思って湯沸かし器のスイッチを入れようとした時、玄関のインターフォンが鳴った。

咄嗟(とっさ)に身体が硬くなる。まさか徐が訪ねてきたのか。

束の間、端末に近づけなかった。寮のインターフォンは旧式タイプで、訪問者と会話はできても相手の顔を確認できない。

出るか出まいか躊躇している間にもインターフォンは鳴り続ける。ようやく意を決して通話ボタンを押したのは、六回目が鳴った時だった。

「どちらさまですか」

『警察です』

落ち着いているのは相手方だけだった。徐ではなかったものの、意外な訪問者に神足の心拍数が上がる。

「何のご用でしょうか」

『ある事件に関して、ご近所で訊き込みをしています。捜査にご協力願えませんでしょうか』

ある事件と聞いて、すぐに連続バラバラ事件のことだと確信した。警察官の訪問を拒否するような度胸も持ち合わせていない。

「ちょっと待ってください」

ドアを開けると、男が一人立っていた。すらりと背が高く、顔の彫りが深い。まるでアクション俳優のような外見だと思った。

「警視庁刑事部捜査一課の宮藤といいます」

宮藤は警察手帳を提示しながら名乗った。声も低く、この声質で問い詰められれば、それだけで圧迫されそうな気がする。

「ご面倒をおかけしますが捜査にご協力ください」

「捜査というのは、例の連続バラバラ事件についてですか」

「そうですよ。よくご存じですね」

どうしてお前がそれを知っているのだという口ぶりに聞こえた。

「いや、ニュースで騒がれているし、あれって大田区周辺で起きている事件じゃないですか」

「今、連続と言いましたよね。何か共通点があるとでも言うんですか」

こちらの不用意な発言を手ぐすね引いて待っているのだろう。

「だって、あなたは警視庁の刑事さんでしょう。二つの事件が連続していると考えられたから、所轄署じゃなくて警視庁が腰を上げたんでしょう」

「少し早合点な取り方ですが、まあいいでしょう。ええ、確かに二つのバラバラ事件について捜査しています。しかし連続しているかどうかは、まだ断定している訳じゃありません。それを考えるのも捜査のうちですから」

宮藤は決して手の内を見せようとしない。逆にこちらが見透かされているようで勝手に萎縮してしまう。

「お訊きしたいのは、最近これらの女性を見掛けられたかどうかです」

取り出したのは三枚の写真だ。どれも二十代から三十代と思しき女性。うち一人は紛うかたなく東良優乃だった。

胸騒ぎがした。

「あの、刑事さん」

「宮藤で結構です」

「よかったら玄関先じゃなく、上がってもらえますか。それと、できるだけ小声で会話してほしいです」

「部屋に上げてもらえるのは有難いとして」

順応性が高いらしく、宮藤は早速声を落とした。

「小声で話さなきゃいけない理由は何ですかね」

「それも説明します。ここの壁、薄くて隣の物音が筒抜けなんですよ」

元々、ワンルームの間取りだが物の少ない部屋だ。来客一人をもてなすくらいのスペースはある。

卓袱台を挟んで差し向かいに座る。宮藤の方が背が高いのに、座高はほぼ同じだった。落ち着いたところで神足は改めて三枚の写真に見入る。東良優乃以外は全く知らない顔だが、二人がバラバラ死体の主であろうことは容易に推測できる。

「この人は東良優乃さんですよね。駅前でご両親がビラを配っていました」

「そのようですね。わたしたちもそのビラをいただきました」

「後の二人は、やっぱりバラバラ死体の主なんですか」

「申し上げられません」

「ニュースでは、まだ被害者の名前を出してませんよね」

「マスコミへの発表も早晩されるでしょうね。二つの事件についてはどこまでご存じですか」

またただ。絶対に自分からは情報を洩らそうとしない。

「最初は連休明けに蒲田の住宅地の中で見つかった女性の下腹部。次が昨日、大井埠頭の埋立地で見つかった両足。でも二つは別人のものだった」

「ええ。血液の簡易鑑定で判明しました。更に先刻DNA鑑定でも別人という結果が得られました」

「写真があるってことは身元も特定されているんですよね」

「困った人ですね」

宮藤は正面からこちらを見据えた。

「質問するのは、わたしの方の仕事なんですが」

「すみません、つい」

「最初の質問に戻ります。この写真の女性たちを見掛けましたか」

「いいえ」

「ほう。それにしては、とても興味津々のように見受けられましたけど」

「興味を持つしかない事情があるんですよ」

「小声で話さなきゃいけない事情とリンクするんですね。伺おうじゃありませんか」

神足は、最初はゴールデン・ウィーク明けに、最近も数日間、徐という中国人が住む隣室で妙な物音がすること、その音がまるで人体を解体しているような音であることを告げる。話を聞くなり宮藤も昂奮を隠しきれないだろうと期待したのだが、案に相違して反応はひどく鈍かった。

「それは、あくまで神足さんの主観ですよね」

宮藤の寸評は至極冷静だった。

「たとえば隣の部屋にこの写真の女性が出入りしていたとなれば話は別ですが、目撃していないのならただの妄想で片づけられてしまいますね」

「でも徐さんの振る舞いはどこか怪しくて」

「ひょっとして中国人に偏見をお持ちですか」

「とんでもない。職場には大勢の外国人技能実習生がいて、偏見なんて持っていたらやってられませんよ。始終、危険と隣り合わせなんですから」

「危険と隣り合わせで過酷な就業条件なら、精神も疲弊しがちになって被害妄想も生まれやすくなりますよ」

「いや、そういうのとは違うんですよ。彼の目つきが怪しくて」

「目つきが怪しいとか態度が不審とかというのも主観ですよ」

「この二人については被害者だと特定されてるんですか」

宮藤は少し考える素振りを見せてから口を開いた。

「早晩、これも公表される情報なんですがね。だからといってあなたに教える訳にもいきません」

「でも写真を用意しているってことは特定も済んでいるんですよね。さっきＤＮＡ鑑定の話もしていました。死体が回収されているのなら、鑑定しているはずでしょ」

「質問するのは、こちらの仕事だと言ったはずですが」

次第に宮藤の声が訝しげなものに変わってくる。

「最初の死体が発見されたのは五月ですよね。三カ月近くも家族からの問い合わせがなかったんですか」

「就職で親元を離れていたら、三カ月連絡が途絶えても気にしない家庭はあります」

うっすらと事情が吞み込めた。三カ月経って、やっと家族からの問い合わせがあったのだ。そして行方不明者の遺留品と死体のＤＮＡ鑑定から身元が特定されたに違いない。おそらく二人目も似たような経緯なのだろう。

「まだ三人目のバラバラ死体は発見されてませんよね。でも、警察は東良優乃さんを犠牲者だと考えている」

「決めつけないでください。同世代の女性で同じ大田区の行方不明者なので、念のために確認しているだけです」

宮藤は否定するが、傍目にも苦しい言い訳だった。単に行方不明者も被害者の候補と考えるのであれば、東良優乃だけではなく他の行方不明者も視野に入れるべきではないか。

「徐さんは、東良さん夫婦が撒いていたビラを熱心に見ていたんですよ」

今日の昼に目撃した内容を告げる。宮藤はわずかに眉を動かしたようだった。

「ほう。わざわざゴミ箱に丸めて捨ててあったビラを拾っていたということですか」

「はい」

「しかし前日、あなたがそのビラを放り捨てたのを彼が見ていたのかもしれない。そう仮定すると、徐さんはあなたに興味を持っているのかもしれませんね」

自分でもその可能性を考えていたが、改めて宮藤の口から告げられると気味が悪くなる。

矢庭に宮藤は腰を上げた。

「色々と参考になりました。ご協力感謝します」

「徐さんについて調べてくれるんですか」

「現状、その必要はなさそうですね」

どこまでも冷静な口調だった。立ち上がると上背があるので、言い返すにも抵抗を覚える。

「警察官としては充分な休息をお勧めします。あまり根を詰めたり精神に負担をかけたりすると、大抵よくない方向に考えがちになるものです」

「やっぱり妄想だというんですか」

「証拠がないものは全て想像でしかありません。想像と片づけなければ、不必要なトラブルを招きかねません」

最後の言葉は神足へ向けた警告のように聞こえた。

「ただ、ちゃんとした目撃情報なり死体の一部なりを発見したということでしたら、わたしに連絡してください」

そう言って宮藤は名刺を差し出した。

「情報が多いのに越したことはありません。ただし想像や当てずっぽうの類は勘弁してほしいものです。それでは」

宮藤はあっさりと部屋を出ていった。

後に残された神足は、じっと名刺を見つめる。あんな風に言われたが、気軽に連絡できるはずもない。第一、刑事を部屋に上げるだけでも相当な勇気が要ったのだ。

今の会話を反芻(はんすう)してみる。特に不利なこと、こちらに疑いを持たれるようなことは口走っていないはずだった。

宮藤は終始紳士的な態度を崩さなかったが、それは神足の素性を知らなかったせいだ。知っていたら、もっと高圧的な尋問になっていたに違いない。

ぶるりと身体が震えた。警察官に非人道的な言葉を浴びせられた記憶がまざまざと甦る。対容疑者となれば彼らの態度は一変する。それこそ犯人扱いだ。明言しなくても、目が全てを物語っている。宮藤も遅かれ早かれ神足の過去を知ってしまうかもしれない。そうなれば、さっきまでの態度もころりと変わるだろう。

神足には容疑者として刑事から責め立てられた過去があったのだ。

二　隣の疝気を頭痛に病む

1

刑事が好きな人間は多くないだろうと神足は思う。刑事ドラマの視聴率は高いというが、実際に会いたいかどうかとなれば別問題だ。

宮藤が立ち去った後、神足はシャワーもそこそこに床に就いた。あの刑事は油断がならない。前に取り調べを受けたことがあるが、その時の担当者はひどく優しげな顔をしていながら、尋問は非人間的なほど執拗（しつよう）だった。宮藤のような刑事なら、あれよりも苛烈な取り調べをするに違いない。

宮藤が消えてから数時間が経過した。既に日付は変わり、深夜一時を過ぎている。宮藤は署に戻ったのだろうか。戻って、神足の過去を洗おうと資料を引っ繰り返しているのだろうか。

まさか、と神足は想像を打ち消す。宮藤が以前の事件を知っているとは思えず、神足も怪しい素振りを見せた憶えもない。疑われるような惧れはないはずだった。

しかし、不安は募った。

もう事件と関わり合うのはやめよう。

殺害された二人の女性は気の毒だと思うが、所詮は他人だ。折角手に入れた平穏な日々をみすみす要らぬお節介や好奇心のために手放したくない。第一、徐が連続殺人事件の犯人だという確証は何もない。宮藤にしたところで、現場周辺の訊き込みをしているだけと明言したではないか。何も徐を疑っての捜査ではない。

神足は自問する。身から出た錆とはいえ、長い間自由を奪われていた日々。こうして柔らかな寝具に横たわっていても、あの時の窮屈さと床の硬さがふとした拍子に甦ってくる。もう、あんな思いをするのはご免だ。

今夜も熱帯夜で寝苦しいが、エアコンの力を借りれば安眠できる。縛めを受けていた時はエアコンすらなかったのだから隔世の感がある。

考えてみれば、あらぬ疑いをかけられる徐も気の毒だ。技能実習生という名目で安くこき使われ、立場と言語の壁に阻まれて声を上げることもできずにいる。むしろ彼こそ被害者ではないか。夜な夜な聞こえる不気味な物音も、真実を知ってみれば他愛もない生活音かもしれない。夏場だから食材も腐りやすいが、備え付けの冷蔵庫では大きなものは収納できない。案外、大根やらスイカやらを小分けにしているのが真相ではないのか。

　引っ掛かっていた疑念も、冷静に考えてみれば自分の不安から生じた幻影と結論づけることができる。幽霊の正体見たり枯れ尾花。矢口に相談したのが、今更ながら恥ずかしく思えてきた。明日、矢口に会ったら、こちらから笑い飛ばすとしよう。

　目を閉じて、夢の世界に入ろうとした。

　ところが数分もしないうちに、隣室から物音が聞こえてきた。

　がさがさ。

　がさがさ。

　大根やスイカを切る音ではない。何かを袋に梱包（こんぽう）するような音だ。

　まさか引っ越しの準備とも思えない。技能実習生としての期間が切れるには中途半端な時期だ。では故郷に送るものでもあるのだろうか。

　いや、仮に送るものがあったとしても、大抵は買い求めた店で梱包も頼めるはずだ。食材という可能性は更に考え難い。生ものならどんな保冷剤を使おうが中国に到着する前に腐ってしまう。

　駄目だ。

　ついさっき疑うなと己を律したばかりなのに、もう疑念で頭が一杯になっている。

がさがさ。

がさがさ。

いつぞやのように、壁に向かって抗議してみるか。いや、もうあの時のような無鉄砲さは自分にない。下手をして徐に激昂でもされたらどうするつもりだ。

徐は小柄な男だが、だからといってひ弱とは限らない。立ち姿を眺めたが、意外に筋肉質なのは服の上からでも分かった。動きも素早そうだから、神足など簡単に組み伏せられてしまうかもしれない。

がさがさ。

がさがさ。

畜生、寝入るタイミングを逃した。このままでは朝まで眠れなくなる。

タオルケットを頭から被ってみたが効果はなかった。却って耳に神経が集中して、どんな些細な音も拾ってしまう。

やがて音がやんだ。どうやら作業が終わったらしい。

やれやれやっと収まったかと思う間もなく、今度は別の音が聞こえてきた。

ごそっ、ごそっ。

何かを何かに詰め込む音だ。その上、衣擦れの音まで続いた。

もうじっとしていられなかった。神足はタオルケットを撥ね除けると、密かに立ち上がった。向こうの音がこれだけ洩れているのなら、こちらの物音も向こうに筒抜けのはずだった。

衣擦れの音はまだ続いている。明らかに着替える音だ。これから寝巻に着替えるのか。いや、寝るつもりなら、もっと早くから着替えているのではないか。

そろそろと歩き、流しにあったコップを壁に当てる。

息を殺してコップの中に耳を澄ませる。

衣擦れの音が終わると、ちゃりんと金属音がした。鍵の音。外出するつもりか。

何かを梱包してから外に出るのは、運搬のためだ。それなら、何をどこに運ぶつもりだ。

こんな夜中にゴミ出しをするのか。違う。ゴミ出しなら出勤時にすればいいことだし、第一寮のゴミ集積場は敷地内だから、パジャマ姿でも咎(とが)められることはない。

現金なもので、あれこれ詮索していると先刻の自戒は雲散霧消した。どうせこのままでは気になって眠れない。

決心すると、神足は音を殺して自分も外出着に着替えた。なるべく動きやすく音がしないよう、薄手のジャージの上下を選ぶ。靴もゴム底のスニーカーがいいだろう。

隣室のドアが開く。足音が部屋の前を通過していく。

たんたんたんたん。

足音が階段を下りていくと、神足は静かに自室のドアを開けた。月は隠れているが、街灯やネオンからこぼれる明かりで徐の姿がぼんやりと浮かぶ。

まるで泥棒になったような気分で、足音を殺しながら階段を下りる。階段の下で徐が待ち伏せをしているという最悪の状況が一瞬頭を過るが、幸いそんなことは起きなかった。

薄暗がりの中でも徐の姿を捕捉できる。Tシャツに短パン、右手には大きめのスポーツバッグをぶら下げている。

徐は脇目も振らずに真っ直ぐ歩いている。この時間、電車はもう動いていない。徐は自転車を持っていないようだから、運搬も徒歩に頼らざるを得ない。

徐が向かっているのは工場の方向だった。〈ニシムラ加工〉は中小の工場が建ち並ぶ一角にあり、そこからは工場群が続く。逆方向に行けば昔ながらの古い住宅地に辿り着く。更にその先には小規模ながら歓楽街が存在する。

徐の行き先は〈ニシムラ加工〉なのか、それとも別のどこかなのか。着ている服からは想像もつかない。深夜、表通りとはいえ道往く者は多くない。歓楽街を近くに控えて治安もいいとは言えず、人通りもまばらだった。こうして尾行をしていても、すれ違うのは酔っ払いかホームレスらしき男くらいだ。夏場のホームレスは日中に出歩かない。冷房の利いた屋内や日陰で休憩を取り、涼しくなった深夜に行動を開始する。

徐は迷う素振りを見せない。確かな目的地があるのか、立ち止まる様子は一切ない。神足は十メートルほど後から尾行しているが、いつ振り向かれるか分からないので周りに身を隠す場所を探しながら歩かなければならない。気を配る分だけ歩みは遅れるので、どうしても徐に引き摺られるかたちになる。

深夜、風は吹いているものの、アスファルトからは昼間の余熱が立ち上ってくる。五分も歩いていると、早くも首の辺りに汗が溜まってくる。駅の方へ向かっているので、やはり〈ニシムラ加工〉へ行くつもりなのか。確かに〈ニシムラ加工〉なら勝手知ったる場所だから、何かを捨てるつもりなら場所に迷うこともない。人目につかない場所もあるだろう。

やがて〈ニシムラ加工〉の工場が見えてきた。だが正面の入口を素通りして徐は角を右に曲がる。そのまま進めば工場の裏手に出る。さては工場裏のゴミ集積場に捨てる計画か。

ところが徐の足は、そのまま工場裏をあっさり通り過ぎてしまった。

いったい、どこに行く気だ。

尚も徐の足は乱れない。工場の裏手で躊躇(ためら)う様子もなかったので、最初から目的地は別の場所だったに違いない。神足は胸の鼓動が高鳴るのを感じた。予想外の行動と深夜の闇が神足の心を乱しにかかる。

工場群に入る手前から異臭が漂っていた。嗅ぎ慣れた臭い、大部分の工場が眠っている時刻には薄らいでいるものの、初めてこの地を訪れる者は決まって顔を顰める異臭。鉄と機械油、そして酸化臭の入り混じった臭い。この臭いは工場群の中心に向かうに従って強烈になる。

徐は更に直進する。実は、この道は神足もよく利用する。大通りの一つ裏、つまり工場群の間には労働者目当ての定食屋が数軒並んでおり、〈ニシムラ加工〉の従業員の多くが通っているのだ。

工場を八棟ほど過ぎたところで、ようやく徐は立ち止まった。薄闇の中、ぼんやりと浮き上がった屋根の形でどこの工場なのか判別がつく。〈クドウ・ベアリング〉の工場だった。

徐はきょろきょろと左右を見回す。振り返ってこちらを見なかったのは、神足にとって幸いだった。徐は人目がないことを確認すると〈クドウ・ベアリング〉の裏口に近づいていく。

〈クドウ・ベアリング〉は零細のベアリング工場だった。この界隈でも古参の部類に入る会社で、人伝（ひとづて）に聞くところによれば昭和三十年代創業らしい。それほど古い歴史がありながら今に至っても零細企業なのは、ご多分に洩れず家族経営が続いているからだという。以前の好景気ならともかく、今は安価な海外製品に押されて零細企業はどこも青息吐息だ。〈クドウ・ベアリング〉の倒産も遠い将来ではないだろうと、神足の同僚たちも噂している。

　同工場の裏手は産業廃棄物の集積場になっている。工場特有の臭いが一層強烈になるのは、この集積場が一因だった。ベアリングの製造工程で排出される廃棄物の中に研削スラッジと呼ばれるものがある。鉄の削りカスと研削液の混じったヘドロ状の廃棄物で、これがとんでもない悪臭を放つ。大規模工場では、この研削スラッジを固形化装置で鋼材と研削液に還元する設備を擁しているが、〈クドウ・ベアリング〉にそんな最新鋭の設備があるはずもない。こうして排出された研削スラッジを週に何度かの回収日まで放っておくのが関の山だ。研削スラッジ自体は劇物でも危険物でもないから、工場主もあまり気に留めていないのだろう。

　徐は立ち止まるとスポーツバッグを肩に掛け直し、金網をよじ登り始めた。小柄な体格が幸いしてか、身軽にひょいひょいと登っていく。金網の向こう側に到着するのはあっという間だった。

　向こう側に降り立った徐は、研削スラッジの廃棄槽に近づき、その蓋を開ける。呆れたことに施錠をしていないが、これは裏通りを歩く者が目撃する日常でもある。午前の操業が終わると従業員が半日分の研削スラッジを廃棄槽に流し込むのだが、その際に施錠しているのを一度も見たことがないのだ。

蓋を開けた徐はスポーツバッグの中から白い物体を取り出し、廃棄槽の中に放り込む。だが比重が軽いのか、空気を含んでいるのかなかなか沈まない。何度か押し込んだり突っついたりを繰り返すが、すぐに浮き上がるようだった。

やがて徐は諦めたように首を振り、蓋を閉めた。そして空になったスポーツバッグを提げて引き返してきた。

神足は慌てて物陰に身を潜める。

暗がりで表情までは読めないが徐の足取りは落ち着いており、まるで普通のゴミを指定された場所に捨てたような振る舞いに見える。難なくまた金網をよじ登り、こちら側に降り立つ。それから元来た道を戻り始めた。

どうやら目的を達した様子で、一度も後ろを振り返らなかった。おそらく寮に帰るものと思われる。

寮に戻るのを確認しても意味がない。それより重要なのは、彼が何を廃棄したかだ。

徐の姿が完全に視界から消えると、神足は行動を開始した。同じように金網をよじ登り、廃棄槽に近づこうというのだ。だが情けないことに、神足の運動能力は徐よりも劣っていた。自重に苦しめられ、思うように登れない。

やっとの思いで金網の頂に辿り着いた頃には首から上が汗でびっしょりだった。跨ぎ越して向こう側に飛び降りた際、着地に失敗して両手をついてしまった。

廃棄槽に近づくにつれて悪臭が一層ひどくなってくる。傍にいるだけで着ているものに臭いが滲み込みそうだ。

鼻が曲がりそうな悪臭を堪えて、ようやく廃棄槽に辿り着く。徐ではないが、辺りに人影がないか確認し、蓋に手を掛ける。見掛けよりはずっと重たい鉄板で、開くには渾身の力を込めなければならなかった。

ゆっくりと持ち上げ、途中からは全身で押し上げた。ほどなくして蓋が開くと、圧縮された刺激臭が鼻を突いた。

薄闇の中、ヘドロ状の液体の真ん中にぷかりと突起物が浮いているのが見えた。他に浮いているものもなく、これが徐の投棄したものに間違いあるまい。

生憎手袋は用意してこなかったので素手で拾い上げるしかない。神足は覚悟を決めて、廃棄槽の突起物に手を伸ばした。

どうやら突起物はナイロン袋のようなもので梱包されている。その端を摘み、そろそろと持ち上げてみる。相当な重さで、片手では引き上げられない。結局、両手を使う羽目になった。

研削スラッジを滴らせながら、回収したものを地べたに置く。やはりナイロン袋に包まれている。しかし厳重に梱包している訳でもなく、ところどころが剝がれかけている。

神足はその一つに指を掛けて捲ってみる。

果たして露出した中身は想像した通りのものだった。

人の手。

黒く汚れたナイロン袋との対比で、その白さが際立つ。内側に曲げられた五本の指は、まるで何かを摑もうとしているかのようだ。一瞬触れた箇所は粘土のような感触で、押すと指が沈むばかりで元に戻らない。

マネキンなどではない。正真正銘、人間の腕だった。

すとん、と腰が落ちた。

何となく予想していたとはいえ、いざ実物を目の当たりにすると恐怖で身体が金縛りに遭った。

暑さのせいではない汗が全身の毛穴から噴き出す。四肢の先が震え、口の中が急激に渇き始める。

深夜であっても、薄闇の中であっても、やはり死体のもたらす違和感は尋常ではない。包みから指が覗いた瞬間、辺りは異空間へと変貌した。

滝のような汗を流しているというのに背筋が寒い。薄闇だというのに、包みだけが白く浮き上がって見える。

恐慌状態に陥ったのは数秒後だった。

何てことだ。

こんな場面を誰かに目撃されたら自分が疑われる。

腰から下がまるで他人の身体のようだったが、何とか立ち上がる。気味悪さとおぞましさに目を瞑り、包みを元に戻す。ナイロン袋の端を握って廃棄槽に近づき、元通り研削スラッジの池に浮かべる。

手を放してすぐ、重大なことに思い至る。

指紋。

死体の腕にもナイロン袋にも自分の指紋が付着してしまった。

まずい。とてもまずい。

いったん投棄した腕を再度引き上げ、着ていたジャージの裾で指紋が付着したと思しき場所を丹念に拭き取る。お蔭でジャージの裾は真っ黒に染まってしまった。

次はジャージの裾でナイロン袋を摑み、廃棄槽の中に落とす。苦労して蓋を閉め、取っ手に付着したであろう指紋をまた丹念に拭き取る。何故そんな行動を取ったのか説明はつかない。ただ、死体の腕を持ち帰るのが危険だという認識だけが身体を突き動かしていた。

後は退却するだけだというのに、この期に及んで膝が盛大に笑い出した。

くそ、と何度も口の中で悪態を吐く。やっとの思いで金網まで辿り着くが、今度は上手く足を掛けられない。

畜生。

俺の手足なら言うことを聞いてくれ。

脳の命令が瞬時に伝わらない。悪夢の中でもがいているような感覚だった。それでも懸命に手足をばたつかせ、何とか外側に降り立つことができた。

疲労と安堵で、一層汗が流れ落ちる。今、自分の顔はぬらぬらしているに違いなかった。

とにかく一刻も早く退散しなければ。いつなんどき人が通りかかるかも分からない。神足はさっき来た道を引き返す。工場群の裏手を駆け抜け、一目散に寮を目指す。

一分一秒でも早く。

安堵できる自分の城に立て籠りたい。

全身に纏わりつく嫌な汗をもう一度洗い流し、人心地を味わいたい。

走れ。

走れ。

次第に本来の感覚が戻り、やっと四肢が言うことを聞くようになった。

悪夢だ、これは悪夢だと胸の裡で叫びながら、頭の隅ではどう処理するべきか思考が働く。熱い身体と冷えた頭。その温度差が双方を乖離（かいり）させる。

好奇心は猫を殺すと言ったのは誰だったか。猫どころではない。今は自分が殺されそうだと慌てた。立ち止まった途端に、背後から刺されそうな恐怖があった。

角を左に曲がると表通りが見えてきた。こんな時間でも表通りにはクルマが走っている。ヘッドライトの明かりがこんなに有難いものだったとは、今まで思いもよらなかった。

ひと息吐くと全身から力が抜けた。ここまで来れば、もう大丈夫だろう。思いつく限り、指紋は拭き取った。目撃者もいなかった。取りあえず危機はやり過ごした。残したものは足跡以外にないはずだった。

他方、得たものもある。おぞましい事実だが、やはり徐は連続殺人犯だった。投棄した腕が何よりの証拠だ。隣室の主は人の皮を被った悪魔だった。それを確認できただけでも、今夜の尾行は成功だった。

しかし、この後どうするかはまだ考えが纏まらない。普通なら警察に届けて然るべきだが、下手に届ければ神足の行動も問い質される。大体、夜中に同僚を尾行する行為自体が怪しいのだ。だが、沈黙していれば死体は発見されない。徐の犯罪も暴くことができない。

さて、どうしたものか——思案に暮れながら表通りに出た途端、目の前にぬっと人影が現れた。

徐だった。

驚きのあまり声も出ず、神足はその場で凍りつく。

時間も凍りついた。

徐は無表情に突っ立っていた。まるで感情の読めない視線をこちらに向け、神足の慌てぶりを眺めている。

「コンバンハ」

声にも人間味が感じられない。

「こ、こんばんは」

「ドウシマシタカ」

「いや、ちょっとびっくりした」

「汚レテイマス」

徐は神足のジャージを指差す。その仕草はからかっているようにも見える。

「そこで、転んで」

見え透いた嘘だ。咄嗟とはいえ、そんな嘘しか吐けない己の短絡さが嫌になる。

とにかく、一刻も早く徐から逃げよう。この男は危険だ。

神足はじわじわと徐から距離を取る。

「ドウシテコンナ時間ニ」

それはこっちの台詞(せりふ)だ。

「コンビニに行こうとして。あなたはどうして」

尋ねてから、しまったと思った。

選り(よ)に選って一番相手の神経を逆撫でするような質問ではないか。いきなり徐が襲い掛かってくるかもしれず、神足は身構える。

「散歩デス」

徐は平然と答える。予め(あらかじ)用意していた返事と考えられなくもない。

「部屋、トテモ暑クテ」

ああ、それはそうだろう。旧型のエアコンだから冷房の利きも悪い。死体を放置しておけば一日も経たずに腐るだろうさ。

会話をすればするほど相手の触手に搦め(から)捕られるような気がする。崖っぷちに立った恐怖が背中を這い上がる。

「それじゃあ」

踵(きびす)を返して徐から離れようとした。走ったら追い掛けられそうなので、怯えをひた隠して歩き出す。

だが、背後から呼び止められた。

「一緒ニ帰リマショウ」

心臓が口から飛び出そうになる。

「いや、汚れたジャージ、早く洗いたいから」

そう言って、足を速めた。

駆け出したいのは山々だが不自然に映ってはいけない。あくまでも足早になる程度で逃げる。

後ろも見ずに歩き続ける。今にも肩を摑まれるのではないかと生きた心地がしない。数十メートルほど進んでから振り向くと、もう徐の姿は消えていた。

まさか目の前に飛び出してくることはないよな——神経が消耗するほどの警戒心を発揮して周囲を窺う。

だが、この夜は徐を再び目撃することはなかった。

2

結局、自室に戻ったのは午前三時近くだった。とても眠れるような精神状態ではなく、神足はまんじりともせず朝を迎えた。

帰り道にひたすら神経を集中したこともあり、出勤時は軽い眩暈を覚えた。それでも自室に閉じ籠る方が恐ろしく、半ば追い立てられるように出勤した次第だ。

「今朝は一段と疲れてるじゃないか」

ひと目見るなり、矢口は呆れたように言った。

「また眠れなくて……」

矢口には徐の怪しい振る舞いについて話してある。だから小声で夜の出来事も報告した。

「〈クドウ・ベアリング〉の廃棄槽に捨てただと」

神足から経緯を聞いた矢口は大声を上げる。

「ちょっ、少しは警戒してください。本人がどこで聞き耳を立てているかも分からないんだから」

「それどころじゃないだろ、お前。死体遺棄の現場を目撃したらまず警察だろうが」

矢口の指摘はもっともだったが、今に至るまで神足は警察に通報していない。

理由は単純、我が身可愛さからだった。

警察のやり方は知っている。どんなに怪しい容疑者であっても、まず証拠を揃えてから任意同行を求めるなり逮捕に踏み切るなりする。つまり容疑者を特定してから署に連行するまでにはタイムラグが生じる。

このタイムラグこそ曲者(くせもの)だった。死体遺棄の現場付近に神足が居合わせたのを当の本人に見られてしまった。警察が動き出したのを知れば、通報したのは神足だとすぐに気づくだろう。そうなれば、徐は神足のみならず周囲の人間にまで手を伸ばしてくるのではないか。

　自分が被害に遭うのはもちろん怖いが、無関係な知人友人にまで魔手が伸びるのはもっと恐ろしい。取り分け心配なのは紗穂里の身だ。大っぴらに付き合いを公言している訳ではないが、徐の振る舞いを見ているとどうしようもなく不安に駆られる。

「念のために訊くが、それ本当だろうな。酔っぱらって何か見間違いをしたんじゃあるまいな」

「本人が〈クドウ・ベアリング〉の金網を越えて、廃棄槽の中に包みを投棄したのを見ました」

　さすがに包みの中身を検めたことまでは喋らなかった。咄嗟のこととはいえ、死体の腕に触り、慌てて自分の指紋を消しにかかった。どう捉えても怪しい行動であり、話せば神足自身も疑われかねない。

「包みの中身は確認していないんだな」

「わざわざあんなところまで出向いて、ご丁寧にも廃棄槽の中に沈めようとまでしたんです。ただのゴミはそんな風に処分しようとしないでしょう」

「理屈はそうだが、もしお前の勘違いだったらどうするつもりだ」

「匿名で通報するつもりです」

「うん、それがいい。昼休みになったらすぐに通報しろ」

言われるまでもない。ただし自分のスマートフォンからでは足がつく。近所の公衆電話から通報するのが無難だろう。

心身とも疲労困憊のまま仕事に入ると、途端に睡魔が襲ってきた。いつぞやの繰り返しだ。矢口も神足の体調を知っているので、しきりにこちらに気を配っている様子だが、そうそう迷惑も掛けられない。必死に神経を研ぎ澄ませ、作業にミスが生じないように努めた。お蔭で休憩のベルが鳴った時には、安堵のあまり腰が砕けそうになった。

「公衆電話までついていってやろうか」

矢口の申し出に甘え、雑談するふりをしながら二人で工場の敷地から出た。

最寄りの公衆電話は表通り、何の因果か〈クドウ・ベアリング〉の正面に設置されていた。工場の中からは機械の稼働音がけたたましく鳴り響いている。工場主も従業員も、よもや敷地内に死体の一部が打ち捨てられているなど想像もしていないだろう。教えてやったら、いったいどんな顔をすることやら。

「俺が見張っててやる」

矢口を表に立たせて、電話ボックスの中に滑り込む。途端に熱気が身体を包む。最近は携帯端末の普及で公衆電話を利用する者はめっきり減った。この電話ボックスも朝から直射日光を浴び続け、内部の空気は殺人的な温度にまで上昇している。ほんの数秒籠っているだけで熱中症になりそうだ。

受話器を耳に当て、ダイヤルボタンで110と押す。たったそれだけのことで、二十年も時代を逆行したような気分になる。しかも自分から警察に通報するなど、十二時間前には予想すらしていなかった。

二回目のコールで女性係員が出た。

『はい、一一〇番警視庁です』

「通報で電話しました」

『事件ですか。事故ですか』

「事件です。あの、最近蒲田で起きている連続バラバラ事件。昨夜、犯人らしき男を目撃しました」

『正確な時間と場所をお教えください』

口調が明確に変化した。

「深夜一時過ぎ、場所は〈クドウ・ベアリング〉という工場の裏です」

『犯人を目撃したんですね』

「工場裏の金網を乗り越えて、廃棄槽……ええっと、産業廃棄物を一時置いておくところなんですけど、その中に死体の一部らしきものを投げ入れていました。急いで調べてください。早くしないと産業廃棄物は業者が回収してしまいます」

『死体を確認したんですか』

「いいえ、でも間違いありません。犯人は徐浩然という中国人で、〈ニシムラ加工〉の技能実習生です」

『その人物を知っているんですね。あなたの名前を教えてください』

「すみません。こっちの名前は言えないんです。でも、誓って本当なんです。必ず捜査してください。お願いします」

言うだけ言って一方的に電話を切る。犯罪の通報という正しい行いをしたにも拘わらず、罪悪感じみたものが胸を締めつけている。おそらく過去に自身が警察に責められた記憶があるせいだろう。

「どうだった」

「一応、聞いてくれました。こっちの名前を訊かれたので切っちゃいましたけど」

「警察の反応は」

「真剣な口調でした。少なくともイタズラ電話には思われなかったみたいです」

「上出来だ。これで廃棄槽から死体の一部が出れば、徐は問答無用で重要参考人だ。捜査が進んでヤツの指紋なり足跡が検出されでもしたら即日逮捕される」

足跡と聞いて、ひやりとした。

徐と同様、神足も廃棄槽に近づいた。指紋は気づいてからすぐに拭き取ったが、足跡を消しておくような時間的余裕はなかった。もし残った足跡から自分に容疑が掛かったら——そう考えると、気が気でなかった。

「それにしても、どうしてわざわざ公衆電話なんか使ったんだよ。スマホで事足りるんじゃないのか」

「通報者が僕なのを知られたくないんですよ。ほら、証人とか参考人とか、色々ややこしそうだし」

「まあな。いくら善良なる市民だといっても、そうそう俺たちゃヒマでもねえし」

矢口がさして気にも留めない素振りで助かった。深く追及されたら、自分が脛に傷を持つ身であることが露呈しかねない。

「何にせよ、ウチの工場とは目と鼻の先だ。警察が乗り出したら嫌でも目につくだろうさ」

なるほど矢口の言葉は的を射ていた。昼休みが終わり、午後の作業が始まるのとほぼ同時にパトカーのサイレンが遠くから聞こえてきたからだ。

声を掛けてきたのは矢口の方だった。

「おい、目論見通りだ。早速〈クドウ・ベアリング〉に警察が乗り込んできた」

知らせを聞くと、半ば安堵し半ば不安になった。

「様子、見に行かないか」

「持ち場を離れたら……」

「心配すんな。体調悪いから小休止くれって作業主任には連絡済みだ」

驚くべきことに、矢口は来生主任の扱いにも慣れている。あの規律一点張り、作業員と見れば叱責するしか能のない人間を手玉に取っているのだから大したものだ。神足が申請したところで、洟も引っ掛けないに違いない。

「善は急げだ。行くぞ」

何がどう善なのかは分からないが、矢口に引っ張られ、怖いもの見たさに背中を押されて作業場をいったん離れる。

小休止が名目だから、ゆっくりもしていられない。裏手からそのまま〈クドウ・ベアリング〉に向かう。時間帯が違えば受ける印象は天と地ほども異なる。深夜の禍々しさは白日の陰に隠れ、独特の悪臭も若干薄らいでいるようだった。

「あれだ、あれだ」

矢口の指し示す方向、工場敷地の裏手に三台のパトカーが停まっていた。門扉は開放され、廃棄槽の周りを十人以上の警官が取り巻いている。

刑事ドラマでお馴染みのブルーシートの類は見当たらない。おそらく死体の一部が発見された時点で引っ張り出されるのだろう。

二人の警官が廃棄槽の中に棒状のものを突っ込んでいる。通報された物体が底に沈んでいないかを探っているようだ。

「お前の見た包みは大きかったのか」

「何かを大きな袋で包んでいました」

「それなら、すぐ見つかりそうだな」

しかし、しばらく眺めていても警官たちはお目当てのものをなかなか見つけられない様子だった。

妙だと思った。廃棄槽の中は、せいぜいユニットバスを縦に二つ繋げた程度の容量しかない。人間の腕が沈んでいたらすぐに探し当てそうなものなのに。

次第に不安が黒雲のように広がっていく。神足が知る由もない異変でも起きたのではないか。

「あまり進捗はないみたいだな。いったん引き揚げるか」

「でも」

「何か出てきたら、シートで隠したってすぐ大騒ぎになる。でかい大砲の音は離れた場所にも届くさ」

来た時は背中を押されるようだったが、引き返す時は後ろ髪を引かれる思いだった。

工場に戻って作業をしていると、再び睡魔が襲ってきた。小休止と言いながら〈クドウ・ベアリング〉との間を一往復したのだから疲れるのも当然だった。

そして今度も睡魔から救ってくれたのは矢口だ。

「おい。警察が現場から引き揚げたってよ」

そのひと言で眠気が吹っ飛んだ。

「警察は何か見つけたんですか」

いや、と矢口は声を潜める。

「他の作業区にいたヤツも野次馬よろしく眺めていたらしいんだが、結局は空振りだったらしい。何も回収できないまま撤収したって話だ」

ぐらり、と天地が逆転したような衝撃を覚えた。

そんな馬鹿な。

徐がナイロン袋に包んだ腕を廃棄槽に投げ込むのを、この目で見た。そればかりか、いったんは己の手で引き上げ、中身が人間の腕であるのを確認したのだ。あれが夢や幻だとは到底思えない。

「おい、大丈夫か」

夢や幻でないとしたら何が起きたというのか——自問した時、頭の中を閃光が貫いた。

やられた。

表通りで徐と鉢合わせした際、神足は逃げるようにして立ち去った。その後に徐がどこで何をしたかは全く把握していない。

「神足。おいったら」

徐はあの直後に工場裏に引き返したのだ。神足に見られたのを察し、引き返した上でまた腕を回収したのだ。だから警察が浚(さら)っても何も出てこなかった。

くそ、どうしてこんな簡単なことに気づかなかった。どうして徐が油断のならない相手であるのを思い出さなかった。

己の不甲斐(ふがい)なさと思慮のなさに吐き気を催す。

「神足っ」

睡魔は去ってくれたものの、代わりに自己嫌悪と無力感が猛襲してきた。

「すみません。何だか本格的に気分が悪くなったみたいで」

「ああ、顔見りゃ分かるよ。いいから、も一回小休止取ってこい。主任には俺から話しといてやる」

「お願いします」

作業場内の蒸し暑さが心労に拍車をかけていた。作業を続けていたら本当に事故を引き起こしかねない状況だったから、小休止の申し出には正当性がある。後で矢口には改めて礼を言っておこう。

作業棟の裏に出て新鮮な空気を吸うだけで生き返ったような気分だった。陽射しは西に傾き始め、柔らかな風が頬を撫でる。

次第に人心地がつき、ようやく考えに浸る余裕ができた。

昨夜の失敗は悔やんでも悔やみきれない。徐は工場裏から抜け出した時には神足の存在に気づいていたのだろう。だから表通りでわざと姿を晒して牽制し、神足が遁走するのを見計らって現場に取って返したに違いない。

失敗はそれだけに留まらない。全てを正直に打ち明けなかったばかりに、矢口にまで不信感を抱かせてしまった。あれほど神足があると熱弁したものが、警察の捜査では小指すら発見できなかった。おまけに通報の片棒まで担がされたのだから、矢口にしてみればいい面の皮だ。

孤立無援の四文字が浮かぶ。これからどうやって徐と対峙すればいいのか、途方に暮れる。

その時だった。

背中にねっとりとした視線を感じた。まるで捕食される動物の防衛本能が発揮された感覚だった。

ゆっくりと視線を感じる方向に顔を向ける。

果たせるかな、ヤツはそこにいた。

二十メートルほど離れた作業棟の壁に凭れ、徐がこちらを見ていた。

例の薄笑いではない。ヘビがカエルを睨む時の、感情のない冷たい目だった。

ぞくり、と全身の肌が粟立つ。

徐の視線は槍か矢のようだった。身体を射ぬかれて微動だにできずにいる。

こっちに来るな。

一センチも近づくな。

逃げることも許されず、心の裡で念じるしかない。

昨夜の一件で、徐は己の犯行が神足に知られたのを確認したはずだ。目撃者の口は封じるのが一番手っ取り早い。神足でもそう考える。

では、徐の次の標的は自分だ。

全身が総毛立ち、腋の下からつつと嫌な汗が流れる。

徐は相変わらずこちらを睨んだまま動かない。

誰か。

誰か助けてくれ。

叫ぼうとしたが、意味をなさない喘ぎ声にしかならない。

視線の金縛りで一秒が十秒にも感じられる。

やがて徐はついと視線を外し、壁の陰へと姿を消した。

縛めが解けたように、神足はその場に腰を落とす。

途轍もない威圧感だった。人を殺めることに慣れた獣が持つ殺気だった。

肩で息をしながら、神足はとんでもない事実を思い出す。

今夜もまた、あの殺人鬼と薄い壁一枚隔てただけの部屋で過ごさなければならないのだ。

腰を落とした地面からは昼間の余熱が立ち上ってくる。

それでも全身が寒気を訴えていた。

3

結局、神足はその夜も満足に寝られなかった。

死体遺棄の現場を押さえたと確信したのに、警察が捜索してみれば空振り、警戒されたのか犯人の徐からは気味の悪い視線を向けられる羽目に陥った。

一昨日に目撃した出来事は、寝苦しい猛暑の夜と被害妄想がもたらした悪夢だったのではないかと思った時もある。だが徐を尾行し、〈クドウ・ベアリング〉の裏にある廃棄槽の中から人の腕を取り出した際の光景は、到底夢とは片づけられなかった。死体に触れた感触も己の手に残っている。廃棄槽に湛えられた研削スラッジは、今もジャージの裾に飛沫が付着したままだ。断じて夢でもなければ妄想でもない。

寝不足で朦朧とした頭に活を入れるべく、神足はのろのろと洗面所に向かう。蛇口を捻(ひね)ると、いきなり湯が噴き出した。夜のうちにたっぷりと温められたせいだろう。冷たくなるのを待って頭を突っ込む。後頭部からひやりとした感触に覆われ、やっと人心地がついた。

ようやく覚醒し始めた頭で考える。神足の尾行に気づいた徐はその後に引き返し、廃棄槽に沈めた腕を回収した。だから警察が調べた時には現物が消え失せていた。では、回収した腕を徐はどこに移動させたのだろうか。もし自室に持ち帰ったのなら痕跡が残っているはずだった。その一つは臭いだ。神足も嗅いだ研削スラッジの臭い。

神足は腐敗臭がどんなものか知らない。廃棄槽から腕を取り上げたのは間違いないが、研削スラッジの臭いが強過ぎて死体の臭いが消されてしまったのだ。だから人体の腐敗臭は分からなかったが、少なくとも廃棄槽から立ち上る刺激臭は鼻の粘膜が記憶している。

神足や徐の勤めている〈ニシムラ加工〉では研削スラッジを使用する工程がない。もちろん有毒化学物質や加工に必要な薬剤はあるが、どれもあそこまで強烈な臭いはしない。産業廃棄物を溜めておく槽もあるが、〈クドウ・ベアリング〉の廃棄槽に比べれば古くなった芳香剤のようなものだ。

　仮に徐が回収した腕を持ち帰っていたとしたら、部屋の中はもちろん外にも悪臭が洩れるのではないか。臭いが洩れないまでも、研削スラッジの一部が地べたに滴り落ちているのではないか。

　洗濯前のジャージを取り出し、改めて裾を見る。研削スラッジの溶液は黒褐色で、しかも油成分が多いために水だけではとても洗い流せない。アスファルトでもコンクリートでも、飛沫が落ちれば必ず跡が残るはずだ。

　着替えを済ませてからコップを壁に宛がい、隣室の様子を探る。徐が部屋から出ていくのを確かめるためだが、傍から見れば神足こそが徐をつけ狙っているように見えるのではないか。どうして被害者であるはずの自分がストーカーじみた行為をしなければならないのかと、また憤る。

　耳をそばだてていると、徐が着替えを済ませて玄関を開けるまでの様子が伝わってくる。これも昔の体験が大いに役立っている。あの時には二度とすまいと心に決めたものだが、今になって自己防衛の目的で役立っていることに皮肉を感じる。

　徐が階下に下りていく音を確かめると、神足は恐る恐る玄関を開ける。よし、徐の姿は見えない。

　部屋を出て地べたに視線を落とす。しかし目を皿のようにして観察したが、どこにも飛沫らしき跡は見当たらない。

では自分の部屋に持ち帰ってはいないのか。

工場への道を歩きながら、神足は発想を転換してみることにした。

もし自分が徐の立場ならどうするのか。

先刻、まるで自分が犯罪者のように思えたのが発想転換のきっかけだった。胸糞悪いが、それでも一番有効な方法に思えたのだ。

死体の一部を〈クドウ・ベアリング〉の廃棄槽に沈めたのはいいが、隣室の住人に目撃される。慌てて取って返すものの、研削スラッジに塗れた包みは臭いもきつく、とても自室には持ち帰れない。

臭い。そうだ。全ての元凶はそこにある。ならばあの鼻の曲がりそうな臭いを消してしまえるような処理方法には何があるのか。

しばらく考えて一つだけ解答を見つけた。研削スラッジと同等かそれ以上に悪臭を放つものの近くに投棄すればいいのだ。研削スラッジ以上の悪臭――神足が思いつくのは、やはり加工工場から日々排出される廃液だった。〈クドウ・ベアリング〉や〈ニシムラ加工〉以外にも、あの辺りは加工工場がひしめきあっている。産業廃棄物の集積場ならそれこそ腐るほどある。

工場に到着して作業場に向かう。まだ眠気が残っているが気合いで乗り切るしかない。

神足は自分の両頬を思いきり叩いて作業に臨む。

　以前は睡魔という言葉を軽んじていた。たかが眠気を表現するのに〈魔〉などという字を使うのは大袈裟(おおげさ)な気がしたのだ。ところが最近はなるほど睡魔というのは言い得て妙だと思うようになった。いくら神経を研ぎ澄まそうとしても、こちらの警戒心も抵抗力も何もかも無力化して襲い掛かってくる。恐怖や憤怒(ふんぬ)といった感情さえも駆逐してしまう。そして神足は、このところほぼ毎日この悪魔と闘い続けている。

　作業中に何度か舟を漕いだが、何とか午前はしのぐことができた。昼食を食べるような余裕はなく、昼休みいっぱい熟睡したい。作業棟の裏に移動し、まず辺りを見回す。幸い徐の姿は見当たらない。寝ているうちは隙だらけになるが、まさか衆人環視の中で自分に襲い掛かることもないだろう――。

　本来なら発動するはずの警戒心が疲労と睡眠不足で麻痺しているのは否めない。日陰を見つけて壁に上半身を預けると、早くも目蓋が下りてきた。人間は絶食してもある程度は生き長らえるが、睡眠を取らなければ死ぬ。誰かから聞いた話を思い出しながら、神足は急速に眠りに落ちていく。


　目が覚めた時、真横に人の気配を察知した。すんでのところで叫びそうになったが、そこにいたのが矢口だったので声を上げずに済んだ。

「大丈夫かお前。ちょっと有り得ないくらい大いびき掻いてたぞ」

目覚めた瞬間には、夢の内容などすっかり忘れていた。熟睡していた証拠なので妙に誇らしくもある。

「起こそうかと思ったけど、あんまり気持ちよさそうだったんでしばらく放っておいた」

「お気遣いどうも。でも午後の作業までまだ時間がありますよ。どうして起こしてくれようとしたんですか」

「ついさっきネットニュースが流れた。工場周辺も急に騒がしくなった」

「何があったんですか」

「ナイロン袋に包まれた腕が見つかった」

思わず跳ね起きた。

「見つかったのは今から四時間ほど前だったらしい。ちょうど俺たちが作業に入った頃だな。ああ、因(ちな)みに両腕とも入っていたって話だ」

自分がナイロン袋を開いた際、露わになったのは片方の指だったが、今にして思えば抱えた重みは確かに両腕分だった。

「ど、どこの工場で見つかったんですかっ」

「どうして工場なんだよ」

「いや、きっとひどい臭いがするんで、隠すなら何かの産廃の中しかないと考えて……」

「お前、どんぴしゃだよ。見つかったのは〈佐々木繊維加工〉の裏にある廃棄槽だ」

その社名は看板を見ているので知っている。〈クドウ・ベアリング〉から更に百メートル先にある工場だった。

「ポリエステルとかの染色加工には薬剤を使うだろ。使用済みの薬剤は結構キツい臭いだって話だしな」

自分の推理が的中した訳だが優越感などさらさらない。それよりも死体処理に対する徐の執拗さを見せつけられたようで、気味悪さが勝った。

「〈佐々木繊維加工〉の表と裏はパトカーでいっぱいらしい。ほれ、見てみろ」

矢口が差し出したスマートフォンには件のネットニュースが表示されている。掲載されている静止画像は現場となった工場を俯瞰で捉えたショットだが、なるほど工場の周囲をパトカーが取り囲んで物々しい雰囲気を放っている。

「徐が廃棄した腕を移し替えたって解釈でいいか」

「それしかないと思います」

「そうすると、お前がチクったのは警察にどう受け止められるんだろうな。場所が離れたにしてもイタ電が偶然に的中したのか。それとも目撃者が慌てふためいて、肝心の場所を間違えて通報しちまったか」

　通報したことなど完全に忘れていた。

　焦燥と新たな恐怖が足元から迫ってくる。良かれと思ってした行動だが、結果的には捜査を攪乱（かくらん）させてしまったのではないだろうか。

「現場、見に行きたいか」

「できれば」

「今日一日は無理じゃないのか。あれだけパトカーが集まったんだから警官の数だって半端じゃない。現場検証やら周辺の訊き込みやらで、当分騒ぎは収まらないだろうなあ」

　矢口の予想通り、終業後、工場群に面した道路ではあちらこちらで警官の姿を見掛けた。もちろん制服警官だけではなく私服警官も動き回っているのだろうが、こちらは見分けがつかなかった。

『あなたが通報者じゃないんですか』

　いつそう問い掛けられるかと思うと気が気でなかった。それでも現場を見ておきたい気持ちは依然としてある。犯人でもないのに、神足は警官たちの視線から逃れるようにして家路を急ぐ。行きつけの定食屋に駆け込み、周囲に徐の姿がないかを確認してからネットニュースに目を通す。

三件目の死体発見ともなればマスコミや世間の注目度も格段に上がっているようだった。比例して警察の動きも加速しているようで、死体の特定も早々に終了したらしい。驚いたのは発見された腕が前二件の残りの部位ではなく、第三の被害者のものだったという事実だ。

『二十三日、東京・大田区大森南の工場〈佐々木繊維加工〉の敷地内で発見された遺体の一部は、行方不明者届の出されていた東良優乃さん（二五）のものと判明した。東良さんは今月十五日に会社を出てから行方が分からなくなり、警察が捜索中だった』

他のニュースサイトでは両親のインタビュー動画がアップされていた。二人の顔にはモザイクが掛かっているが、神足はつい先日二人に会っているので目に焼き付いている。母親とは言葉さえ交わした。喉が痛むほど通行人に呼び掛けていた父親、最後には絶叫するように協力を求めていた母親。

『お母さん、今のお気持ちを』

『優乃が不憫で不憫で……それも見つかったのは腕だけなんて』

『犯人に対して何かひと言』

そこに父親が割って入る。

『お願いします。少し、少しだけわたしたちを放っておいてください。家内はすっかり参ってるんです』

『お父さんは犯人について何を思われますか』

『何を思うか、だって』

　途端に声の調子が一変した。

『あんた、子供はいるか』

『いや、あの』

『自分の子供が、はいはいをしてた頃から成長するのを間近で見ていた子供がバラバラにされて見つかるんだぞ。親がどう思うか、あんたたちにはその程度の想像力もないのかっ』

『我々には報道の義務が』

『それは誰から押しつけられた義務だ。人の心にずかずか踏み込んでも構わないような義務なのか』

『それは、その』

『あんたたちがしているのは報道じゃない。犯人と一緒になってわたしたちの不幸を愉しむことだ』

　とてもそれ以上は見ていられず、動画を途中で止めた。

　また別のニュースサイトでは前の二件と関連づける解説が掲載されていた。

『五月八日、蒲田の住宅地から始まった連続バラバラ殺人事件は遂に三人目の犠牲者を出すに至った。二件目は大井埠頭、そして今回は大田区の工場地帯。それぞれが近い場所にあり、しかも三件とも遺体は切断の上で遺棄されている。犯罪捜査のプロでなくても、三つの事件が関連している可能性が高いと推測できる。先に二人の犠牲者を出し、今回新たな犠牲者を出してしまった捜査本部の責任は重い。この上は一刻も早い犯人逮捕が求められるが、事件解明の進捗いかんによっては警察への信頼が失墜するおそれすらある』

特に煽情的な文章ではない。要点を纏め、感情的にもならず、警察の奮起を促す体裁の記事だ。しかし行間からは、闇の中を跋扈する殺人犯の姿が浮かび上がってくる。余計な形容詞を排除した分だけ、読む者の想像力を掻き立てる。意識して執筆したのなら、この記者は名文家だと思った。

いや、文章の力だけではない。

何といっても神足は犯人を知っているのだ。名前も、顔も、声もだ。だからただの想像ではなく犯人像が他人よりもずっと具体的な分、恐怖は倍増する。

だが悪いことばかりではない。警察に通報した際、神足は徐浩然の名前を告げている。東良優乃の死体が発見された今、警察は徐の名前を無視できないはずだった。

頼むからあいつに手を伸ばしてくれ。

家宅捜索さえしてくれたら、風呂場から解体の痕跡が検出される。ひょっとしたら死体の一部が冷蔵庫から見つかるかもしれない。それなら現行犯で弁解の余地もない。徐はその場で逮捕され、全ては一件落着する。

いっそ、もう一度通報してみようか。連日、徐の部屋からの死体を捌く物音で苦しめられているのだと直訴してみようか。

しかし、この考えもすぐに撤回する。隣人として通報する以上、匿名というわけにはいかない。通報したら必ず素性を問われる。問われたが最後、神足も痛くもない腹を探られる。痛まないのは辛うじて傷口が塞がっているからだ。乱暴に手を突っ込まれたら容易に傷口は開き、中から悪しきものが噴きこぼれてしまう。それだけは避けなければならない。あの痛みと苦しみを忘れるために、いったいどれだけのものを犠牲にしてきたか。

「おい、兄ちゃん」

不意に呼び掛けられて仰天した。見れば隣の不潔そうな男が、じっとこちらを見ていた。

「あんたよお、折角注文した料理がすっかり冷めちまってるじゃないか」

指摘されて初めて気がついた。いつの間にか目の前に置かれた天津飯は冷めて、しかも硬くなり始めていた。

「食べないんだったら俺にくれよ。スマホ弄るのに夢中なんだろ。そんなんで食べたって味なんて分かりゃあしねえよ」

冷え切った天津飯を無理に掻き込み寮まで辿り着いた時、ＬＩＮＥの着信があった。

相手は紗穂里だった。

『帰った？』

『ああ、今帰ったばかりだよ』

『話あるんだけど、寄ってもいい？』

彼女の顔を思い出し、ひどく懐かしい気分になった。ここ数日、碌な体験をしてこなかったので余計にあの唇を尖らせた顔が心を慰撫するのだろう。

待っている、と返そうとした瞬間、慌てて思い直した。

隣の部屋にはシリアルキラーが棲んでいる。

『来ちゃダメだ』

しばらくの沈黙の後、不審がる文章が送信されてきた。

『誰かと一緒？』

『違う違う違う。こっちは危ないんだったら』

『不発弾でも見つかったの』

駄目だ。

紗穂里の性格は嫌というほど知っている。なまじ勘がいいので、下手な誤魔化しは逆効果になる。あれこれ言い訳をしているうちに、問答無用でやって来るに違いない。

『もう、そっちに向かってるんだけど』

言わんこっちゃない。神足は急いで返信する。

『いつもの喫茶店で待ってるから。全部話すから』


行きつけの店とは別に、紗穂里と会う時だけに使う喫茶店がある。コーヒーよりもサイドメニューが豊富な店で女性客をターゲットにしているのは内装だけで見当がつく。神足が一人で入るには相当に度胸を要する店だった。

居心地悪さを堪えながら座っていると、紗穂里が姿を現した。

「もう何か頼んだ？」

「いや、まだ」

「あ、お姉さん。ブレンドとスーパー・フルーツパフェお願いします」

「……それ、スイーツ系で一番高いやつだぞ」

「いーの、いーの。どうせ友哉の奢り（おご）りなんだから」

半ば強制的に場所を指定した身としては抗いようもない。注文を書き留めたウエイトレスがカウンターの方に立ち去ると、紗穂里は「さて」と前置きして腕組みしてみせた。

「説明してもらいましょうか。どうしてわたしが寮に近づくと危険なのか」

二人が座るテーブルは店の最奥だ。ここならフロア全体が見渡せる上、小声で話せば隣のテーブルにも聞こえない。駅前で東良優乃の両親がビラを配っていたことと徐の部屋から不気味な物音がしている事実はもう報告済みだ。

覚悟を決めて神足は打ち明け始める。ビラで情報を求めていた両親たちの願いも空しく、東良優乃の死体が発見されたこと。その死体の一部を徐が遺棄する場面を神足が目撃してしまったこと。匿名で通報したこと。

内容が内容なだけに、さすがに紗穂里は唇を一文字に結んで深刻な顔を見せた。

「嘘じゃないよね」

「嘘だったら、どんなにいいか。前にも言ったけど、ここしばらくは碌に寝てない。睡眠不足が祟って、作業中もふらふらしている。矢口さんがいなきゃ、確実に事故を起こしている」

「隣に棲むのは連続殺人犯か」

「前はただの疑惑で済んだけど、目撃までしたらもう今までのようにはいかない。だから寮には一歩も近づいちゃいけない」

「危険なのは分かるけどさ」

紗穂里は腕組みを解き、顔をこちらに近づけた。

「わたしが襲われるのが確定している訳じゃないよね。徐さんが連続殺人犯だったとしたら、彼はどういう基準で犠牲者を選んだのか説明できる？」

思ってもみなかった方向からの質問に戸惑いを覚えた。

「説明できない。第一、三人についての情報が圧倒的に不足しているから共通点も絞り込めない」

「じゃあ、わたしが襲われる可能性も未知数よね」

「犠牲者はみんな女性だ」

「そんな最大公約数、持ち出さないでよ。だったら次の犠牲者が男性なら、全世界の人間が次の被害者候補になっちゃう」

「数字のお遊びじゃない。人が死んでるんだぞ。興味本位であいつに近づくなと言ってるんだ」

「心配してくれているのね」

「当たり前だ」

「そんなに心配してくれるなら、先手を打てばいいのに」

「警察にはもう通報した」

「でも匿名の電話で、しかもそれ自体は空振りだったんでしょ」

「警察の記録には徐の名前が残っている。これだけ事件が拡大して世間が騒げば、警察はどんな些細な情報も取り逃がさない。必ず徐に任意同行を求める。そうなれば全部、終わる」

「要するに、警察の動きを待つってことよね。待ってる間に徐さんが逃亡するとか、新しい犠牲者が出る可能性があるよね」

否定はできない。徐の不気味な顔を思い出す度、放置しては危険だと感じる。

「友哉が警察に行って、刑事さんに相談することは考えないの。匿名電話より直接行った方が信用されるでしょうに」

「それはよくない。悪手だよ」

「どうして」

「警察に行ったのがバレたら、徐は間違いなく口封じのために僕を狙う。いや、僕だけを狙うのならまだしも、僕に近しい人まで危険に晒すことになる。それだけは絶対に駄目だ」

「有力な情報をもたらしてくれたのなら、警察だって放っておかないでしょ。証人保護のために動いてくれるんじゃないの」

「警察もそこまで信用できない」

「さっきは警察を信頼するようなことを言っていたのに、矛盾している」

「今、パニクってる。多少の矛盾は仕方がない」

　ねえ、と紗穂里は更に顔を近づけてきた。

「あなたは何を怖れているの」

「徐に決まっているじゃないか」

「ううん。徐さんを怖がっているのは当然だけど、それ以外の何かも怖がっている。言ってることが矛盾してるのはね、怖がる対象が二つ以上あるからよ」

「だから理屈っぽい女は苦手なんだ」

　しまったと思ったが遅かった。

　ところが紗穂里は気にする風もなく言葉を続ける。

「友哉が全然理屈っぽくないから、あなたとわたしと足して二で割ってちょうどいいのよ」

　紗穂里の手が伸び、神足の手に重ねられた。

「心配してくれてありがとう。すっごく嬉しい」

「ああ……うん」

「もう警察に行ってなんて言わない」

「うん。うん」

「でも、友哉も自分の身を護ることを考えて。警察が徐さんに目をつける前に、彼が友哉に目をつけたらどうするつもりよ」

実は既に目をつけられているのだけれど――とは言えなかった。

紗穂里を心配させたくないのもあるが、それ以上に警察に近づきたくない理由があった。

紗穂里にこそ打ち明けられない理由だった。

4

「以上報告があったように発見された東良優乃の腕は死後一週間ほど経過しており、司法解剖の結果でも芳しい情報は得られなかった」

捜査会議の席上、村瀬（むらせ）管理官は硬い表情のまま話し続ける。普段から何を考えているか分からない男だが、これだけ世間を騒がせている事件で未だ手掛かりらしい手掛かりもないとくれば、心中穏やかでないのは察せられる。

最前列に座らされた宮藤は、村瀬の隣に陣取る桐島（きりしま）に視線を移す。桐島も村瀬に負けず劣らず仏頂面が常態になっている男で口数も少ない。しかも少ない口数のほとんどが嫌みと叱責と恫喝（どうかつ）なのだから始末に負えない。もっとも性格で好かれる上司に有能な者は少なく、検挙率と予算執行率で評価される警察組織において桐島のような上司は得難い人材だ。得難い人材だからこそ強者（つわもの）揃いの捜査一課で一つの班を任せられる。

「犯人は何故、死体をバラバラにする必要があったのか」

雛壇では村瀬の言葉が続く。最前列に座らされていると、何やら罰ゲームを受けているような錯覚に陥る。

「死体損壊には大きく分けて四つの理由がある。一、被害者に対する激烈な恨み。二、性衝動に関連した突発的行動。三、被害者の身元を隠すため。四、死体の運搬を容易にするため。今回、三人の犠牲者は既に身元が判明している。発見された部位に個別の特徴があったり、直近に行方不明者届が出されたりしていたからだ。従って三の線は疑問だ」

五月八日、蒲田の住宅地で発見されたのは片倉詠美三十五歳。同じ大田区の空港関連企業に勤めるOLで、下腹部に残っていた手術痕を首都圏全域の医療機関に問い合わせたところ、身元が判明した。

八月二十日に大井埠頭の埋立地で発見された両足の持ち主は国部潤子二十七歳。こちらは蒲田のバーに勤めるホステスで、足指に施されているネイルのデザインが独特であったため、これも都内のネイルサロンに問い合わせたところ、ほどなくして顧客情報から彼女の身元が割り出せた。

だが捜査本部としては両者に何の関係性も見出せなかったため、敢えて被害者の氏名を非公開にした経緯がある。故意に捜査情報を秘匿することで、犯人側の動きを待ち受ける考えだったのだ。

ところが三人目の犠牲者東良優乃の段で、その方針は崩れた。我が子の死を知らされた両親が、マスコミに名前を明かしてしまったからだ。

東良優乃の左薬指は常人よりも少し長い。父親譲りの特徴だったが、〈佐々木繊維加工〉の敷地内で発見された左腕の薬指がまさにそうだった。捜査員の一人が大田区内の行方不明者を検索していた際にこの特徴を探し当てたのだが、指紋および両親から提出された優乃の毛髪とＤＮＡが一致して本人と特定できた。

だが東良の両親にしてみれば行方不明者届を出したにも拘わらず警察が熱心に捜してくれず、挙句の果てに娘を殺されたという恨みがある。加えて三件目の事件発生で俄然日の色を変えた報道陣が、警察署から出てきた両親をいち早く取り囲んだという事情もある。かくて捜査本部の指示も空しく、優乃の身元は全国に知れ渡ったという次第だ。

「現時点で三人の被害者を結ぶ線は皆無。従って共通する怨恨があったとも考え辛く、一の線も消える。残りは異常性癖の二と、冷徹に犯行を繰り返す四の線だが、だからといって予断は禁物だ。鑑取りを進めていけば、いずれ三人を結ぶ共通点が現れる可能性もゼロではない」

つまりは的を絞り切れていないことの婉曲的表現だ。膠着（こうちゃく）状態に陥った事件の会議では強気と弱気、積極的意見と消極的意見が百出する。この案件もその例に洩れなかった。

「市民は不安に怯えている」

ようやく村瀬は締めに入った。

「不安だから騒ぎ立てる。人間の心理とはそういうものだ。彼らの不安を取り除く方法は犯人を挙げること以外にない。皆の働きに警視庁の信頼がかかっていると言っても過言ではない。各人に一層の奮起を望むものである。以上」

会議が終わり、捜査員が三々五々と散っていく中、桐島は宮藤を会議室の隅に呼び寄せる。

「例のタレコミの件、どうなっている」

タレコミというのは東良優乃の両腕が発見される前日、一一〇番にかかってきた匿名電話のことだ。

『最近蒲田で起きている連続バラバラ事件。昨夜、犯人らしき男を目撃しました』

『深夜一時過ぎ、場所は〈クドウ・ベアリング〉という工場の裏です』

『廃棄槽……ええっと、産業廃棄物を一時置いておくところなんですけど、その中に死体の一部らしきものを投げ入れていました。急いで調べてください。早くしないと産業廃棄物は業者が回収してしまいます』

『犯人は徐浩然という中国人で、〈ニシムラ加工〉の技能実習生です』

『すみません。こっちの名前は言えないんです。でも、誓って本当なんです。必ず捜査してください。お願いします』

電話を受けた本部指令センターは直ちに内容を捜査一課に伝達、捜索と相成る訳だが、現場に直行すれど死体はおろか指の欠片さえ発見できなかった。社名も個人名も名指しの通報は真偽の判断が難しい。特定の個人に対する嫌がらせであることがほとんどだからだ。

ところがこの件にはとんでもない後日談が付随する。捜査が空振りに終わった翌日、現場から百メートルしか離れていない別の工場から『廃棄槽からナイロン袋に入った異物を見つけた』との通報がもたらされたのだ。

空振りに終わったイタズラ電話は俄然脚光を浴びる。廃棄槽という単語と、回収車のスケジュールに詳しいのも注意を引いた。

「徐には葛城を張りつかせてます」

「あいつで大丈夫か」

「大丈夫ですよ。拳銃握らせても学校の先生にしか見えないんですから。こと尾行にかけちゃ、あいつは警視庁一かもしれません」

「変な動きを見せていないか」

「今のところはまだ」

「現状、発見された東良優乃の部位は両腕だけだ。まだ他の部位を手元に置いている可能性がある」

だからといって何の証拠もないまま、徐の部屋を捜索する訳にもいかない。つい最近もＯＬ殺しで服役していた外国人が冤罪だったとして、検察庁ともども警視庁が非難の矢面に立たされたばかりだ。他方、技能実習制度を隠れ蓑に、外国人労働者を不当に安く働かせている企業も槍玉に挙げられている。容疑者が外国籍である場合、昨今は外部要因を考慮せざるを得ない。

ただし桐島が徐の情報を捜査会議で明らかにしないのは別の理由があった。蒲田連続バラバラ事件は桐島班が専従になっているが、捜査本部には桐島が敵対している麻生班の面々も参加している。その麻生班には捜一のエースと呼ばれる犬養という捜査員が参加しており、下手をすれば手柄を奪われかねない状況にあるのだ。

捜査一課は総勢四百名強の大所帯だが、蓋を開ければ班長同士の確執や反目が渦を巻き、必ずしも一枚岩ではない。まだ確証が得られないのを理由に、桐島が徐の存在を洩らすまいとしているのはそういう事情によるものだった。

「とにかく目を離すな。変な動きを見せたら、すぐに応援を出して現場を押さえろ」

言われるまでもない。宮藤自身が葛城と交代しながら、監視の目を光らせるつもりだった。自分は葛城とは真逆で、ドラマに出てくる刑事にしか見えないらしいので、今日から夜間の監視を担当することにしている。

命令とも言えない命令を告げて、桐島は会議室を出ていく。色々と難のある上司だが、長話をしない点だけは評価できる。

早く一人きりにしてくれて助かった。正直に言えば会議中も桐島との会話中も、別の問題が気になってまともに聞けなかったのだ。

本部指令センターにかかってきたタレコミについては録音したものを聞かされた。その時からもやもやした思いが後頭部の辺りに張りついて今も離れない。

あの声は、確かに徐の隣室に住む神足友哉のものに違いなかった。タレコミの内容も聴取したものと同一だった。

ただ、匿名で通報した理由が不明だった。


午後六時半、そろそろ葛城と交代する時刻が迫ってきた。〈ニシムラ加工〉が終業時間となり、社員たちが一斉に退社する時間帯だ。

交代する地点は工場の正門前に停めた、警察車両のワゴンだった。

「お疲れ様です」

ワゴンの中で監視を続けていた葛城は、宮藤の姿を認めるなり緊張を解いたようだった。ワゴンの中には各種カメラと集音マイクも装備されている。作業棟から出てくれば大抵の会話も盗聴できるという優れものだ。

「動き、あったか」

「全然ですね。徐は他の外国人とも距離を置いている様子で、あまり話し声が聞こえません」

「三人もの女性をバラバラにした鬼畜に見えるか」

「そんな風に見えるヤツに限って悪事はしにくい。確か宮藤さんの言葉でしたよね」

葛城はどんな場面でも真面目くさった物言いをする。今のも皮肉なのか確認なのか判然としない。

「でもタレコミがあったからといって、徐一人のためにこんなワゴンを用意するなんて」

「一応の根拠はある。録音された内容を聞く限り、タレコミの主は工場関係者である可能性が高い。最近は労働力の安価な技能実習生に仕事を奪われて逆恨みしているヤツが少なくないが、それにしたって徐個人を名指しする必要がどこにあるかって話だ」

「徐本人が何か特別な事情を抱えているんでしょうか」

「尾行し始めてからまだ二日目だ。現段階では全部当て推量に過ぎん」

その時、葛城の声が張り詰めた。

「徐が出てきました」

葛城の声に呼応して宮藤もモニター画面を注視する。小柄な体型、短髪で丸顔。糸のように細い目が特徴といえば特徴か。

「それじゃあ……」

　葛城が交代を告げようとした時だった。

「待った」

　宮藤は咄嗟に声を上げてモニター画面を指差す。工場から出てきた徐の背後を、男が尾行(つけ)ている。下手な尾行だ。本人は気づいていないだろうが、傍から見ればつけ狙っているのが丸分かりではないか。

　だが宮藤の目を引いたのは行動ではなく、男の風体にあった。カメラをズームさせ、男の顔を拡大した時、声を上げそうになった。

　モニターには見覚えのある顔が映し出されていた。

　２０２号室の住人、神足友哉だった。

「予定変更だ」

「え」

「徐の後を尾行ているのがタレコミの主だ。名前は神足友哉。寮の２０２号室、つまり徐の隣に住んでいる。俺たちと同様、徐を監視しているはずだが、二人とも尾行してくれ。もし別行動を取り始めたら連絡を寄越せ。応援をやる」

「それは構いませんけど、宮藤さんはどうするんですか」

「神足を調べる。頼んだぞ」

何か言い足りなそうな葛城を置き去りにし、宮藤は捜査本部に引き返す。

タレコミをした神足は徐が殺人犯だと言い切った。だが徐は隣室の住人でもある。隣に連続殺人犯が住んでいると知って平静でいられる人間がいるものか。それこそ通報と同時に、我が身の安全を警察に保障してほしいと願うのが普通だ。

ところが神足は敢えて匿名で通報し、剰え徐の行動を監視している。とても通常の反応とは言い難い。最初に宮藤が事情を聞いた際、あまり熱心な態度でなかったのに業を煮やしたのかもしれないが、それにしても行動に矛盾がある。

神足と徐の間にいったい何があったのか――調べるとしたら、まずそこからだと思った。

尾行を葛城に丸投げし、宮藤は資料集めに奔走した。神足の戸籍、ハローワークに保管されていた記録、納税証明書など。一日半かけて集めた分量としては可もなく不可もない。これらの文書類に目を通していると、多くのことが分かってくる。

神足友哉は昭和五十四年六月十日に生まれた。本籍地は宮城県仙台市青葉区笠原四‐八、十八歳までは地元で暮らし、二十三歳まで福島市内に住んでいる。その後は関東を転々とし、現在に至る。

神足が〈ニシムラ加工〉に入社したのは二年前の一月、しかしそれ以前の職歴は不明だ。もちろんハローワークに頼らずとも職を得る人間は星の数ほどいる。精緻な情報が必要なら〈ニシムラ加工〉の人事部が保管しているであろう履歴書を照会するべきだろう。

戸籍上の両親は既に他界していた。神足に兄弟はいないので、この時点で彼は天涯孤独の身の上になったことになる。関東を転々としていられたのも、親の柵がなくなったことと全く無関係ではあるまい。

地方都市で生を享けた青年が、就職を機に故郷から旅立つ。その後、両親という足枷から解放されて青年は各地に移り住む。気楽な独身生活。しかしいつしか青年は三十の坂を越え、転々とした生活に倦むようになる。そして都内の加工工場に職を求めた――神足友哉の半生はさほど珍しいものではない。都会に住んでいる就業者の典型的なかたちの一つと言っていい。

これだけでは徐との関わりは不明だ。せめて過去に二人が交差している事実はないものか。

宮藤が最初に思いついたのは二人の犯罪記録だった。しかし警察庁のデータベースを検索してみたが、二人の記録は皆無だった。交通違反の記録一つなく、神足も徐も、調書とは無縁の人生を送ってきたことになる。

思案しているうちに、まだ目を通していない文書があるのに気がついた。免許センターから取り寄せた運転記録証明書だ。

宮藤がこの文書にあまり興味を持てなかったのは、神足の免許がとうの昔に失効していたからだ。証明書に記載された内容によれば、神足は二十歳の時に普通自動車の免許を取得しているが、平成十八年に失効している。乗用車は地方では足代わりになるが、都会では駐車料金と維持費を貪るカネ食い虫になる。首都圏のように公共交通機関が充実していれば乗る機会も少ない。

十年以上も前に失効しているから新しい情報など望むべくもない。気乗り薄で証明書を一瞥した宮藤は、やがて目を剝いた。

運転記録証明書は過去五年間までの交通違反や事故、行政処分などの記録を証明するものだが、免許証の写しも添付されている。宮藤が仰天したのはこの写しだった。

免許証の顔は神足とは似ても似つかなかった。細面で吊り目。丸顔でどちらかと言えば垂れ目の神足とは全くの別人にしか見えない。

免許センターのミスかと思い、免許証記載の生年月日と本籍地を見比べてみる。

戸籍記載のものと寸分違いがなかった。

まさか同一氏名、同一生年月日、同一本籍地の別人が存在するとは思えない。公的文書を信用する限り、免許証に写った、この細面の男が神足友哉に間違いなかった。

では２０２号室に住んでいるあの男は、いったい何者なのだろうか。

三　隣の餅も食ってみよ

1

「悪いけど、ウチでは雇えないねえ」

　本日二件目に訪問した樺島(かばしま)工業でも同じことを言われ、五條美樹久(ごじょうみきひさ)は奥歯を噛(か)み締めた。

「あなた真面目そうに見えるんだけど、ウチも何ていうか警察沙汰になるとさ。こういう小さい工場は風評だけで食っていけなくなるんだよね」

　それなら面接する前に断ればいいだろうと思ったが、所詮こちらは職を求めている側だから強く出られない。

「ウチよりもっと大きな工場はいくらでもあるんだから、まあ頑張ってよ」

　工場長の肩書きを持つ男はそう言うと、早く出ていってくれと言わんばかりに手の平を出口に向けた。五條は何の抗弁もできず椅子から立ち上がるしかなかった。

事務所を出ていく際は振り返りもしなかった。ここで振り返ったら、あまりにも己が惨め過ぎる。あの工場長が履歴書段階で謝絶せずに面接までしたのが嫌がらせではなく、保護司への気遣いであることくらいは察しがついている。自分の保護司を買って出てくれた三反園という男は地区の民生委員を務めた男で、中小企業の経営者たちにも顔が広いらしい。付き合いもあるので、無下に門前払いすることを避けているのがみえみえだ。

三反園と経営者たちの交友関係は、傍から見れば和気藹々としたものだろう。だが職を渇望している五條にしてみれば邪魔以外の何物でもない。これで通算六件目、覚悟はしていたもののこうも続けざまに落とされると気分もささくれ立ってくる。

五條が黒羽刑務所から仮釈放を許されたのは一週間前だった。出所前から何度も三反園とは面会し、この保護司なら頼れると思ったのだが、保護司の人格で前科者が職にありつけるほど世の中は甘くなかった。四日目から職探しを開始したがいずれも撃沈、相手の申し訳なさそうな顔を見る度、自己嫌悪に陥るというサイクルを繰り返している。

五條が刑務所に入った頃は不景気が常態となっていた時期だったが、四年後に出所した現在も未だ好転していないらしい。三反園から聞いた話では全体の求人倍率は未だに低いままだ。そんな状況で自分のようなムショ帰りがどんな企業に迎えられるというのか。

不意に風が強くなった。

師走の、凍てつくような風が肌を刺す。刑務所の房に空調はなかったが、それでも所内は凍えるほどではなかった。ところが塀の外に出た途端、寒風吹き荒ぶ中に取り残されている。いったい刑務所の中の方が居心地がいいというのは、どういう理屈なのか。五條はせめてもの防寒にジャンパーの襟を立てる。

薄手のジャンパーでは寒さを防ぎきれず、思わず身体を縮めてしまう。通りかかったコンビニエンスストアで温かいものでも買おうと思ったが、財布の中身を思い出してやめにした。四万五千円。これが今の五條の全財産だ。定価売りの店ではなるべく買いたくない。

二件目も討死、他に立ち寄るところもないので、仕方なく三反園の家に戻る。

五條を迎え入れた三反園は、顔を見て結果を察したようだった。

「まあ、とにかく休みなさい。疲れたままじゃ何をやってもいい結果が出ないから」

とうに七十は過ぎているだろう。第一印象そのままの面倒見のよさは一週間経っても変わらない。もっとも、こういう人間でなければ保護司など務まらないのかもしれない。

居間に座っていると熱いお茶が出てきた。心身ともに冷えた己にとってこれほど有難いものはない。ひと口啜ると喉から体温が甦ってくる。

「樺島さんのところなら大丈夫だと思ったんだけどねえ」

正面に座した三反園もやはり申し訳なさそうな顔を向けてきた。本人に悪気はないのだろうが、正直この顔には飽き飽きしている。

「今、世の中って不況なんですよね」

「ああ、ひどいもんだよ。わたしは滅多に他人のせいにする人間じゃないが、これだけタチの悪い景気は、さすがに政治の責任だと思う」

「そんな不況で俺みたいなムショ帰りがまともに仕事できっこないです。相手先がどうこうの話じゃないでしょう」

「俺みたいなって」

三反園は珍しくこちらを責めるような言い方をする。

「自分を極悪人みたいに悪ぶって言うのはやめときなさい。前科や昔の悪さを自慢するようになったら、人間お終いだよ」

三反園は懲役十五年二十年といった猛者(もさ)たちの保護司をした過去があるので、そういう出所者に比べれば五條などは可愛い部類になるかもしれなかった。

「五條くんは真面目だから、きっと仕事が見つかると思う。だけどね、懲役の過去を誇らしげに語ることだけはご法度だからね。絶対にやっちゃいけない。巷(ちまた)には、昔の悪さを武勇伝みたいに話す馬鹿が多いけど、あいつらは知らないんだよ。そうして話している間、聞いている人間は嫌悪感や軽蔑を笑い顔で隠しているのをね。今の自分に何も誇れるものがないから、昔つけた箔で人より偉そうにしようとしているけど、それはこの世で一番格好悪くて情けないものなんだからね」

三反園の言葉は真っ当過ぎるきらいもあるが、刑務所暮らしをした五條には頷ける話だった。刑務所の中では罪状が肩書きになる。強盗よりは詐欺が、窃盗よりは殺人が勲章になる。犯行の困難さと罪の重さがそのまま人格の一部になってしまうのだ。従って、たかだか傷害罪で懲役五年の五條は刑務所カーストの中でも最下層に近い存在だった。

「誇れるような前科じゃないことくらい心得ていますよ。何しろストーカーですからね」

自嘲気味に言う。正面で聞いている三反園は何やら居心地が悪そうだった。きっとストーカー規制法絡みで服役した者を扱うのは五條が初めてだからだろう。

「立ち入ったことを訊いてもいいかね」

「構いませんよ」

「答えたくなかったら答えなくていい」

「構いませんって。三反園さんは俺の保護司じゃないですか」

「保護司を引き受ける時、五條くんの罪状を聞いた。相手の女性に対する傷害罪ということだったが、全治二週間程度の傷だったらしいじゃないか」

「でしたね」

「その程度の傷害で五年というのは重過ぎやしないか。いや、これは被害者の立場をまるで無視した話なんだけど」

「ストーカー規制法違反と傷害罪の合わせ技一本、みたいなところはありますよ。ストーカー規制法って最初は警告、その次に禁止命令が出されるんです。それにも拘わらず相手の家に押しかけて、挙句に傷害沙汰ですからね。傷が浅かろうが深かろうが問答無用って話です」

「厳しいものだね」

「俺みたいな勘違い野郎が増えた証拠ですよ」

自分の行為を勘違いだったと断じると、胸にちくりと痛みが走る。これでも寛解した方だ。逮捕・送検時、刑事や検察官から諭された時は手前の勝手な解釈だったと言われる度に心が大量の血を噴き出した。

「ホント、勝手でしたよ。相手の気持ちを自分本位に解釈して純愛みたいに思っていたんですから」

「純愛。そりゃあ五條くんよりわたしらの年代の言葉だよ」

「一途(いちず)だとか諦めないとか、変に自分を美化して自己陶酔しちゃう。相手にとったら嫌悪か恐怖の対象でしかないのに、相手の気持ちが全然分かんないんですよ。もう完璧にコミュニケーション能力の欠如ですよね」

己の過ちを笑い飛ばすのが、寛解の早道と教えられた。だからなるべく自分を戯画化して貶める。何度か繰り返して慣れたはずだが、それでも完全に客観視できるものではなく、話す度に当時の光景がフラッシュバックのように甦ってくる。

「そんな風に話せるのなら、もう大丈夫だよ」

「ありがとうございます。でも、いくら三反園さんがそう言ってくれても、雇う側は色眼鏡で見るみたいですね」

三日間で面接相手はつごう六人。その六人ともが同じ視線を自分に向けていた。

いい歳をして女の尻を追い掛け回す変態。

性癖は直りようがない。

きっと新しい職場でも同じことを繰り返すに違いない。

偏見と言ってしまえばそれまでだが、特殊な性癖を見下す傾向は五條にもある。だから面接に当たった人間を一概に責める訳にもいかないだろう。

しかし謝絶された五條には引っ掛かるものが当然ある。懲役を受けた者が何を被害者面するのかと言われそうだが、ある時期の自分を全否定されるのはやはり辛い。

「今どきこんな諺持ち出すのは年寄り臭いんだけどさ。捨てる神あれば拾う神ありだよ。五條くんはちゃんと仕事が見つかる」

三反園は親身に慰めてくれる。有難いとは思うものの、所詮は気休めにしかならないので笑って受け流すしかない。

　初日から捻くれていた訳ではない。最初の面接を受ける前には希望も期待もあった。だが二件三件と断られるうちに自信は萎み、自ずと俯き加減になっていった。

「とにかく、わたしも色んなところにお願いしてみるから、頑張ってみようよ」

　三反園は景気づけのように残りの茶をぐいと飲み干す。五條もそれに合わせて中身を呷る。

　三反園にも仕事があり生活がある。居候を許してもらえるのは二週間程度だろう。その間に仕事が決まればいいのだが、決まらなくてもここを出ていかなくてはならないだろう。

　明日すら見えない状況に押し潰されそうだが、五條にできるのは三反園に紹介された場所に赴くことだけだった。


　その後の三日間で更に六件を訪問したが、結果は芳しくなかった。いずれも三反園の知人だったのだが、これから先はハローワークの登録を含めての就職活動を視野に入れなくてはいけない。

「近場では限界がありますよ」

　五條が切り出すと、三反園は予想していたかのように頷いた。

「うーん、わたしの知り合いで会社経営しておるのは近所に集中しているからなあ」

「少し遠出して面接を受けてみようと思うんです。多少の軍資金はありますから」

「それでいいのかい」

「俺を雇ってくれるっていうなら北海道や沖縄に行ったたっていいです。ただ、決まるまでは住所地をここに置かせてください」

「そりゃあ構わないけど、本当に大丈夫かい」

三反園の気遣いをよそに、五條も腹を決めている。遠出をすれば交通費や宿泊費もかかるが、仕事の選択肢が増える。第一、既に親兄弟の縁も切れているのでどこに移り住んだところで柵はない。

翌日からハローワーク通いを始めた。まずは首都圏。全国を比較してみても、やはり首都圏の受け皿は大きい。自分一人の食い扶持くらいはどうにでもなるだろうという過信があった。

ところが五條の目論見はあっさりと潰える。ハローワークで求人情報を漁り、条件が一致するからと企業に履歴書を送ってみても、面接で撥ねられる。四年間の空白を指摘されると返事に窮し、結局服役していたことを告白する羽目になる。当然のように面接係は眉を顰めてから、合否は後日連絡すると言う。待っていても送信されてくるのは空しい不採用通知ばかりだ。

『今回は採用を見送らせていただきます』

『残念ながら貴意に添いかねます』

『今後のご健闘をお祈り申し上げます』

他府県にまで移動すると三反園の家に戻るのにも交通費が要る。大見得切って出てきたので、おめおめと帰ることが躊躇われる。そもそもこれ以上迷惑を掛けたくないという気持ちが優先した。

寝泊まりはネットカフェを常用することに決めた。八時間ほどの利用で千六百円、シャワーもついて軽食まで備えられている。コインランドリーもあるので、ここを拠点に就職活動をするというのは賢明な選択のように思えた。

初日に利用した時には利便性の高さに感心した。チェーン店を使えば会員カードで他府県の店舗にも寝泊まりできる。五條のような身分の人間にはうってつけの活動拠点だった。

何度も利用するうち、ネットカフェには五條と同様の人間が多数生息している事実を知った。夜中に洗濯し、朝にはスーツに着替えて外出し、夕方には疲れ切った顔で舞い戻り、じっと携帯端末に返信が来るのを待っている連中だ。彼らは〈ネットカフェ難民〉と呼ばれており、身なりだけでは財布の中身は分からないが、定住の地を持たずあちこちを転々とする様はまさしく難民のそれだった。

ただし五條は別の感想を抱く。快適さを無視すれば、部屋の広さは単独房以下だ。ネットやマンガ、空調といった設備に目を奪われているが、これも一種の独房のように思えてならない。

採用通知を待ちながら身体を横たえていると、どうしても事件のことを思い出す。あんなことがなければ自分の人生はもっと違うものになっていたはずだ。今頃は会社の中堅どころとしてばりばり働き、ひょっとしたら家庭を築いていたかもしれない。

もう五年以上前の出来事になる。

その頃、五條は玩具メーカーに勤めていた。子供に夢を届けることで報酬を得る。入社した当時の熱い思いは、しかし競合他社との棚争いとスポンサーとの折衝が続く中で、どんどん色褪せていった。妥協と失意の日々に心は折れ、営業に出る足も重くなりがちになった。

そんな時、島田瑠依が入社してきた。短大卒の二十一歳、世間ずれしていない素振りとはにかんだような笑い方が魅力的な女性社員だった。

彼女のトレーナーに五條が任命された。右も左も分からない瑠依はまるで生まれたての雛のようで、いかにも危なっかしい。五條は彼女の横につきっきりで教える羽目になる。

瑠依は元々覚えが早い方で、スポンジに水が滲み込むようにノウハウを吸収していった。それと同時に、五條は瑠依に惹かれていく。上司としての愛着が異性に対する愛情に変わるのに、さほどの時間は要しなかった。いつしか五條は瑠依の名前が気になり始め、姿を目で追うようになった。

上司と部下としてではなくプライベートで付き合いたい——もし五條がそう口にしていたら事態は違っていたかもしれない。ところが女性経験の乏しい男の例に洩れず、五條は相手の意思を確かめないまま妄想だけを膨らませていく。

退社後の瑠依を尾行し、住まいを確認した。侵入する気など毛頭ない。ただ彼女の寝起きしている場所を知るだけで安心できたのだ。

胸の裡を明かさなくても、瑠依は五條の好意に気づいているはずだった。そうでなければ自分に向ける笑顔や親しげな態度が説明できない。二人は相思相愛に間違いなかった。ディナーに誘えば応じてくれた。手を繋いだり肩を抱いたりはしなかったが、食事をともにするのは相手を許容している証拠ではないか。

何度かディナーを繰り返した頃、プロポーズしよう。瑠依の方も待っていてくれるはずだ——そう思い込んでいた。その日までにはせめてメールでお互いの気持ちを確かめ合うべきだと考えた。

打ち合わせの必要があるから彼女のメールアドレスは知っている。仕事の連絡しか交わさなかったメールに、次第に私信が入り始める。当初は瑠依もこまめに返信してくれていたが、そのうち頻度が落ちた。

『プライベートなメールは困ります』

ある日返ってきた文面を見て五條は凍りついた。

何だ、これは。

瑠依はどうかしてしまったんじゃないのか。

慌ててメールを送ったものの、今度はメールの着信を拒否された。

会社で顔を合わせてもよそよそしい。まさか上司や同僚のいる前で真意を問い質す訳にもいかず、五條は悶々と時間を過ごす。

会社の廊下で二人きりになった時、やっと話し掛けてみた。瑠依の口から出た言葉は、これ以上ないほど意外なものだった。

「わたし、付き合っている人がいるんです」

初耳だと憤ってみせると、瑠依の方も言葉を尖らせた。

「プライベートなことを、どうして会社の人に教えなきゃいけないんですか」

会社の人。

乾いた言葉に胸がささくれ立つ。

「俺と付き合っていたんじゃないのか」

「付き合っていただなんて。何回か一緒に食事しただけじゃないですか」

瑠依の声は硬く、冷たかった。

「これ以上、変なメールを送ってきたら訴えます」

そう言って瑠依は踵を返す。

小さくなっていく背中を見ながら五條は声も掛けられなかった。

失意が伸し掛かるが、長くは持続しなかった。

今のは虚勢か何かに違いない。

きっと瑠依は強がっているだけだ。ひょっとしたら自分と同様に恋愛経験が乏しいために戸惑っているだけなのだろう。嫌よ嫌よも好きのうちというではないか。それなら自分は今までよりももっと強い態度を示すべきだ。

拒否されてもメールを送り続けた。

彼女が退社すると自宅まで後をつけ続けた。メールが通じないのならと、ポストにメッセージを書いたメモを投函した。

ある日、五條がマンションに戻ると玄関ドアの前に男が立っていた。まさか瑠依の近親者かと勘繰ったが、男が提示したのは何と警察手帳だった。

「生活安全課の者ですが、島田瑠依さんからストーカー被害の訴えが出ています」

思わず耳を疑った。

所轄の警察署に同行を求められた。警察官の説明を聞きながら、おそらく瑠依本人ではなく両親が被害届を出したに違いないと考えていた。あの瑠依がそんなことをするものか。

「とにかく警告しておきますが、島田さんにメールしたり、尾行したり、手紙を送ったりしないでください」

目の前に警告書を突き出されて読み上げられる。屈辱と被害者意識で腹の辺りが重くなった。

次の日、上司が皆を集めて瑠依の退職を告げた。会社には前々から通知してあったらしく、上司に驚いた様子はなかった。当の瑠依も意外にさばさばしており未練があるようには見えない。

いよいよ俺との結婚を考えて専業主婦の準備をするのだろう、と好意的に解釈した。いや、それ以外の解釈を思いつかなかった。

瑠依がその気なら警告書は無視しても構わないだろう。五條はＡＴＭからまとまった現金を引き出すと、宝石店で婚約指輪を購入した。彼女の指のサイズは、わざわざ訊くまでもなく承知している。

彼女のマンションに赴き、宅配業者に紛れてオートロックの玄関を突破する。部屋の前まで行き、婚約指輪を差し出す格好でインターフォンを鳴らす。

何度も何度も。

何度も何度も。

入浴中なのかそれとも早々に寝てしまったのか、室内からの応答はない。二時間ほど部屋の前で粘っていたが、進展がないのでそのまま帰宅した。

翌々日、五條はインターフォンの音で叩き起こされた。端末の液晶画面には、またあの警察官が映っていた。

「警告を無視しましたね」

再び所轄署に連れて行かれ、今度は禁止命令なるものの告知を受けた。今後瑠依に接触すれば、禁止命令違反を理由に一年以下の懲役または百万円以下の罰金が科せられるという。

警察で散々絞られた後、五條は初めて瑠依の変心を思い知った。

あんなに好き合っていたのに。

婚約指輪まで買ってあげたのに。

後から考えれば全て五條の一方的な思い込みに過ぎなかったのだが、思い込みだからこそ追い詰められれば一層煮え滾(たぎ)ってくる。

逆上した五條は瑠依のマンションに直行し、物陰に身を潜める。部屋の前まで行っても警戒されるだけだから逆効果だ。マンションに出入りする寸前を捕まえた方がずっといい。

起き抜けに同行を求められたので会社は無断欠勤になっているが、もうどうでもよかった。今は瑠依に直談判するのが最重要だ。

午後九時を回っても瑠依は帰ってこない。往来で話し掛けたら簡単に逃げられそうなので、エントランスまで追いかけるつもりだった。

午後九時二十一分、ようやく瑠依が姿を見せた。彼女がオートロックを解除してエントランスの中に入った瞬間、ドアが閉まる前に五條も身体を滑り込ませる。

五條を見た途端、瑠依は短く叫んだ。愛しい者を見る目ではなく、おぞましいものを見るそれだった。

「来ないで」

「来ない訳にいくか」

声を発すると、自分が激昂しているのが分かった。

「今なら、まだ過ちだったと許してやる。俺と結婚してくれ」

「嫌」

か細くても、しっかりとした口調だった。

「わたしは別の人と一緒になるの。あなたは最初から、そういう対象じゃない」

「あれだけ一緒にいたのに、そういう対象じゃないって。馬鹿なこと言うな」

「馬鹿はそっちでしょ。同じ職場にいたからって、いつも近くにいたからって、どうしてわたしがあなたと恋愛関係にならなきゃいけないのよ」

「受け取ってくれよ」

彼女の腕を摑み、強引に指輪を手渡そうとした。

「必ず幸せにするから」

見る間に瑠依の顔が嫌悪に歪む。彼女の罵声と腕を振り払うのがほぼ同時だった。振り払われた勢いで指輪が手を離れて宙を舞う。からん、と軽い音を立てて床に転がった。

その瞬間、自制心が吹き飛んだ。

五條の拳が瑠依の顔面に炸裂する。

ぐしっ。

肉と骨を砕く感触が拳に伝わる。瑠依は鼻から血を流しながら後方に倒れ込む。

我に返るのに数秒も要しなかった。押さえた指の間から血を流す瑠依を見下ろしながら、五條はおろおろするばかりで一歩も動けない。

違う。

殴るつもりなんてなかった。

ふと振り返るとそこに別の住人が立ち尽くしていて、五條と目が合うと慌てて逃げ出した。

十数分後、五條は駆けつけた巡査たちに取り押さえられて現行犯逮捕された。瑠依は鼻を折られ全治二週間と診断されたが、五條がそれを聞かされたのは留置場の中だった。ストーカー規制法違反に加えて傷害罪。五條の暴行については目撃者も存在する。貯金をはたいて購入した折角の指輪も、検察官や裁判官には威迫の道具としか見做されなかった。判決は懲役五年。弁護士から五年で済めば温情判決だと説得され、控訴を諦めた時点で五條の刑が確定した。

今から思えば自分はあまりに幼く、あまりに身勝手だった。瑠依の相槌も確かめないままに妄想し、突っ走り、相手に危害を加えてしまった。自分では痴話喧嘩だと捉えていたが、傍目には犯罪行為でしかなかった。

犯した行為を客観視するには灰色の壁と四年の月日を要した。空調の届かない房で内省し他の懲役囚に嘲笑され、やっと己の馬鹿さ加減に目が覚めた。その意味では貴重な服役生活だったが、同時に失ったものはあまりに大きい。

五條は得たものと失ったものの数を比べながら、ゆっくりと眠りに落ちていく。

翌朝もハローワークの求人情報を拾って、会社を訪問した。面接まで漕ぎつけたものの、いざ過去の経歴で四年間の空白に話が及ぶと、ここでも五條は服役していた事実を打ち明ける羽目になった。虚偽申告も考えたが、どうせすぐに露見するような嘘なら最初から吐かない方がいい。五條美樹久の名前で検索すれば、過去のストーカー事件の顚末と裁判の結果がワンセットで表示される。

合否通知は後ほど、という声に送られ、五條は敗北感に塗れて事務所を後にする。三反園は何かと元気づけてくれるが、人手不足に悩む企業も前科者には冷たい。刑務所ではやれ更生しろだとかやれ社会復帰を目指せだとか耳にタコができるほど聞かされたが、それならそれで再就職の下地を作っておけと愚痴りたくなる。

いっそ過去を捨ててしまいたいと思う。全ては五條美樹久という名前にケチがついている。名前ごと過去を葬ることができたら、どんなにいいか。

その時、閃いた。

考えれば考えるほど魅力的な手段に思えてきてならない。元々は刑務所の中で囚人たちが話していたのを憶えていたのだ。どうせ今日の予定はがら空きだから試してみる価値はある。

五條は荒川の河川敷に向かった。

河川敷には大小様々のテントが軒を並べていた。段ボールとブルーシートの家がどれだけ寒風を遮ってくれるのか見当もつかないが、まさか煉瓦を持ってくる訳にもいかないだろう。

陽射しは淡く、寒気を凌ぐものではない。河原を歩いている者は例外なく両手で自分の肩を抱いている。テントも様々なら住人も様々で、こざっぱりした服装の者もいれば仙人のような格好をした者まで多様だ。

　五條はしばらく河川敷を巡り、ちらちらと住人たちの風貌を盗み見る。背格好はどうでもいい。歳だ。自分と同年代に見える人間はどこかにいないか。

　歩いていると、テントの外に出て一斗缶で暖を取る男を見掛けた。燃やしているのは木切れや雑誌らしく、缶からは白煙が上っている。蓬髪（ほうはつ）で髭（ひげ）も伸び放題だが顔に皺（しわ）はなく、五條と同年配と思えた。

「焚火（たきび）ですか」

　近づくと、男は警戒感を露わにした。

「あんた、何者だよ。そりゃ河川敷で火を使うのが禁止されてるのは知ってるけどさ。この寒さで火にでも当たらなきゃ凍死しちまう」

「いや、俺は警察関係者じゃありません。寒いんで、俺も暖まっていいですか」

「何だ、脅かすない」

　男は舌打ちするが、五條を排除するつもりはないらしい。

「見渡したところ、あなたくらいですよね。一斗缶で焚火しているのは」

「他の人たちはハウスの中だからな」

「段ボールとブルーシートの中で焚火しているんですか」

「違う違う。ハイテク使ってるんだ。ゴミ集積場とかに投棄してあったソーラーパネルで発電してるのさ。だからハウスの中でも冷暖房できる」

言われてみれば、傍らや天辺（てっぺん）にパネルらしき板を設置したハウスがあちこちに点在する。電気を盗むでも火を熾（おこ）すでもなく、エコロジーに即した文化的な生活と言えなくもない。

「器用な人たちさ。俺には、あんな真似はできない。だからこうして原始人みたいな方法を採っている」

「これはこれで情緒があるじゃないですか」

「その代わり先がない」

世捨て人風なのだが、本来は話し好きなのだろう。一度馴染むと男の唇は滑らかに動いた。

「失礼な言い方になるけど、他の人はこざっぱりしていますね」

「みんな色んな事情を抱えているんだけどさ。仕事さえ見つかれば事態が好転すると思っている。だから段ボールハウスに住んでいても就活には余念がないよ。アイロンがなくても寝押しでスーツやズボンの皺を伸ばしてるもんな。あんなに細かいことに気の回る人たちが何でこんなとこで暮らしているか、考えれば考えるほど訳が分からなくなるよ」

「あなたは違うんですか」

「疲れちゃってさ」

男は初めて笑ってみせた。含羞のある笑顔は意外に可愛かった。

「勤め人に相応しいヤツとそうでないヤツがいて、俺は後者なんだろうなあ」

「自由業者という選択肢があるじゃないですか」

「本当は作家になりたかったんだけどさ。ほら、あれって元手も要らないし何となく俺にも小説くらい書けそうな気がするし」

男は自分の過去を語り始めた。東北で生まれ、十八歳で郷里を飛び出し職を転々としたが最終的には都内の自動車工場に勤めたのだと言う。

「期間工だとどうしても待遇が悪くてさ。下手したらガイジン並みだよ。ある時ミスして工場長と喧嘩してそれっきりさ」

「故郷にだって仕事はあるでしょう」

「田舎だしさ。それに大見得切って出てきたから今更帰れないじゃん」

男の話を聞きながら五條は期待を膨らませる。これこそ僥倖だ。彼こそ条件にぴったりではないか。

「でも就活しないと生活が変わりませんよ」

「変えようと思えないんだよ。働くのに不向きだし、生きるのにも不向きなんだよ。そうは言ってもおカネは必要だし」

　典型的な生活無能力者だと思った。工場長と喧嘩して仕事を辞めたというのも、こうなると眉唾ものだった。

「なかなか優雅に見えますけどね」

「そんなはずあるかい。もう三日も食べてないんだ。夜なんて空腹で眠れないくらいだよ」

「おカネ、要りますか」

「要らないヤツなんていないでしょ」

　さあ、ここからが交渉だ。

「ねえ、こうして会ったのも何かの縁です。何か売るものを持ってませんか。よければ俺が買いますよ」

「有難い話だけどさ」

　男は面目なさそうに笑ってみせる。

「この身なり見たら分かるだろ。もう売れるものなんて残ってないよ。あったら三日も絶食していない」

「戸籍はどうですか」

「戸籍ィ？」

男の声が跳ね上がる。しかし決して抗議めいた響きではない。

「俺、実は前科者でしてね。本名じゃなかなか職にありつけないんですよ。だからあなたの戸籍が欲しいんです」

五條は出所してから今日までの戦績を掻い摘んで話す。正直に話せば男の共感を得られるという計算が働いていた。

「ここに三万円あります。現状、俺の全財産です」

そう言って福沢諭吉を三枚財布から出して、男の眼前に突き出した。本当はまだ五千円ほど残っていたが、この程度の嘘なら許容範囲だろう。

「俺の全財産であなたの戸籍を買わせてください」

深々と頭を下げる。資金が足りない分は誠意ある態度で補うしかない。

「三万円か……」

男は三枚の福沢諭吉に視線を固定したまま呟く。

「本当に、就職に役立てるだけかい」

「前科者だけど、それは信用してください」

正面から男を見据える。非合法な取引で誠意を見せるというのも妙な話だったが、相手に信用されなくては意味がない。

男は五條の顔を覗き込み、やがてぽつりと言った。

「……詐欺用の口座開設に悪用されたところで、どうせ俺に取れる責任なんてないしな。いいよ。三万円で戸籍を売る」

男は懐から札入れを取り出した。合成皮革のものらしいが、すっかり褪色して元の色が分からない。

「ほい、これが住基カード。それからこれが運転免許証」

免許証の有効期限はとっくに過ぎている。折角だが、これは使い物にならないだろうから男に返す。

「住所を異動させて親族の方に不審がられることはありませんか」

「大丈夫だよ。父ちゃんも母ちゃんも、ついでに他の親族も震災でやられちまったからね。俺はただ一人の生き残りって訳だ」

何から何まで好都合ではないか。五條は小躍りしたくなった。

三万円を受け取る際、男は溜息交じりに洩らした。

「俺の人生はたった三万円だったのか」

さすがに胸がちくりとしたが、買い上げた当の五條が何を言ってもおためごかしに聞こえるだけだ。

「それじゃあ」

「ああ。元気でな、俺」

歩き始めてから一度だけ振り返ると、男は受け取った三万をじっと見つめているところだった。同情心が湧いたが既に取引は成立している。第一、他人に同情できるような立場ではない。

こうして五條は新しい名前と過去を手に入れた。

神足友哉。それが新しい名前だった。五條は新調した服を愛でるように、胸の裡で何度もその名前を繰り返した。

神足という名前を得た男が無事〈ニシムラ加工〉に就職を決めたのは、それから一週間後のことだった。

2

今日も都内はうだるような暑さだった。神足は徐の気配に怯えながらも作業場でメッキ加工に勤しむ。

東良優乃の両腕が発見されてから三日経つが、残りの部位を捜索しているのか警官の数は少しも減っていない。いや、むしろ初動段階よりも増員されているのではないか。発見現場となった〈佐々木繊維加工〉周辺はもちろん〈ニシムラ加工〉の辺りまで制服と私服の警官がうろついている。同僚の中には呼び止められて色々と聴取された者もいるらしい。

警官が職務質問しようとする者には一定の共通性がある。とにかく彼らに不審がられる言動と服装は禁物だ。群衆の中に溶け込み、没個性であればあるほど彼らは関心を示さない。

大勢の中で自分を隠す術は服役していた頃に習得していた。ストーカー行為を拗らせた挙句の傷害罪。罪状だけで侮蔑と虐待の対象になりかねなかったので、いつしか息を殺して気配を消すことが習い性になっていたのだ。

それに比べて徐の存在感は凄まじかった。離れた作業区からでも視線を感じる。まさかと思って振り向くと、必ずといっていいほど彼の姿が目に留まった。明らかに敵意を孕んだ視線で、浴びせられる度にひやりとする。徐が自分に殺意めいた感情を抱いているのはほぼ確定的だった。

正直、警察に駆け込みたい気持ちは否定できない。矢口のアドバイスはもっともであり、連続殺人事件の犯人が判明しているのなら警察に行って事実を告げるべきだという紗穂里の言い分は真っ当過ぎるほど真っ当だ。

だが出頭はできない。れっきとした証人として扱う以上、警察は神足の素性を確認しようとするはずだ。そうなれば今の名前が他人から買ったものであること、本当は前科者であることが知られてしまうかもしれない。前科者の証言を警察がどれだけ信用してくれるのか。そもそも前科が知れるのは今の生活が失われることを意味する。紗穂里も自分から離れていくに違いなかった。どこの誰がストーカーの前歴を持つ男と付き合いたいと思うものか。

折角摑んだ平穏な日々だから二度と手放したくない。己の醜悪な過去も実体も知られることなく、普通の人間として集団の中に溶け込んでいられる。集団に帰属するのはとても魅力的だ。外部から護られ、矢が飛んできても己が的になることはない。高潮が襲ってきても皆の陰に隠れていれば安泰だ。

決して警察に自分の正体を知られる訳にはいかない。自分は神足友哉として徐を警察に突き出すように画策しなければならない。

さて、どうするか。

明確な解答が得られないまま、神足は緊張を持続させる。作業にしても徐への警戒にしても、一瞬でも気を抜けば地獄の釜に真っ逆さまだ。神経は限界まで張り詰め、ここ数日は綱渡りのような状態が続いている。

休憩時間の到来とともに神足はがっくりと脱力する。体力もさることながら、神経はそれ以上に疲弊する。作業場内の異常な暑さも拍車をかけている。

いつものように作業棟の外に出る。外気温も三十五度を優に超えているはずなのに、ひやりと肌に心地いい。作業着の前をはだけると待ち構えていたかのように汗がどっと噴き出した。

　束の間涼んでいると、向こう側から紗穂里が近づいてきた。工場内で接触することは珍しいので少し驚いた。

「今いいかな」

　周囲に気を配りながらおずおずと話し掛けてきた。神足の方に否やはない。改めて警戒してみるが徐の姿は見当たらない。

「僕はいいけど、そっちはどうなんだよ」

「緊急事態なのにそんなこと言ってられない」

　いつになく紗穂里は怯えている様子だった。これもまた珍しいことだ。神足や矢口の前でも冷静さを失わない彼女が、今は不安な色を隠そうともしていない。

「何が緊急事態なんだよ」

「あなたの予想が的中した。わたし、目をつけられたみたい」

　先日、喫茶店で話した内容の延長だ。それなら誰に目をつけられているかは明白だった。

「徐にか」

「うん。間違いない。帰りがけに歩いていると後ろから気配がした。振り向いたらあの人がいた」

「振り向いた時の向こうの反応は」

「慌てて物陰に身を隠した。怪しさ満点。まるで疑ってくれと言ってるみたいだった」

　徐は不気味な男だが尾行術に長けている訳ではない。尾行に気づいた時の紗穂里の恐怖を想像すると、この場で抱き締めたい衝動に駆られる。

　しかし神足は自分から紗穂里に触れることに躊躇がある。同僚の目を盗んで逢瀬を重ね続け、彼女が身を寄せてきても決して神足は手を伸ばそうとしない。紗穂里が好意を持ってくれているとは思うものの、本人に確かめる勇気が未だにない。

　理由は言うまでもない。瑠依のことがいつも頭を過るからだった。あの時も神足は勝手に恋愛相手と思い込み、暴走し、結果的に彼女を傷つけ、己の人生にも傷をつけた。

　神足は自分が信用できない。人を見る目に自信が持てない。紗穂里が向ける好意も勘違いかもしれないと二の足を踏んでしまう。だからどうしても彼女との間に距離を取る。

「それって、偶然方角が一緒だったという状況じゃないよな」

「偶然だったら慌てて隠れる必要なんてないじゃない」

　言葉が跳ね上がる。まるで神足の無為無策を責めているような口調にも聞こえた。

「ちょうど工場の近辺には警官が大挙して押しかけている。保護を求めるってのはどうかな」

「はっきり狙われている証拠もないのに、警察が保護してくれるとは思えない。あのね、友哉は知らないだろうけど、もっとあからさまなストーカーだってちゃんと被害届出さないと動いてくれないんだよ。ううん、被害届出しても動いてくれるかどうかの保証もない。事前に被害届出しても殺されちゃった人が沢山いるしね」

いや、被害届にしてもその後の対応にしても身に沁みて知っている。口に出したが最後、追及されるのが目に見えているから言えないだけだ。そして執拗で思い込みの激しい人間は警察の介入などものともしないことも熟知している。

「助けて」

紗穂里は神足を直視する。真剣な眼差しは逸らすことを許さない。

こんな風に切羽詰まった紗穂里を見るのは初めてだった。紗穂里も追い詰められた末の決断なのだろうが、追い詰められているのは神足も同様だ。

分かった、と答えるまでに数秒の間が空いた。

「何とかする。だけど少し待ってくれ。対策を立てる時間が欲しい」

紗穂里の顔が安堵に緩む。そんなに頼りにしてくれていたのか。

「ありがとう。でも、わたしが待っても向こうが待ってくれるとは限らないよ」

「長くはかからない。絶対に、怖い目には遭わせない」

その言葉に嘘はなかった。紗穂里が自分をどう思っていようと、今回は本人から頼られている。

何より神足にとって紗穂里は自分以上に大切な存在だ。もし彼女を護りきれず東良優乃たちの二の舞にしてしまったら、神足は自分を許せなくなるだろう。

「よかった」

紗穂里の両手が伸びて、神足の手を包む。

「相談して、よかった」

彼女の手の平から体温が伝わる。久々に味わう愛しくも儚い感触だった。

「もうそろそろ時間だから行くね」

紗穂里は名残惜しそうに言うと、踵を返して元来た道を戻っていく。

疲弊していた心が温かな感情に満たされる。頼られるというのはこんなにも勇気を与えてくれるものなのか。信じてもらえるというのはこんなにも負い目を凌駕するものなのか。

疲弊していた身体に力が漲ってくる。一時的なものであるのは分かっているが、それでも自分にそんな力が隠れていたのは意外だった。

今までは自分の身を護ることに必死だった。だが大切な人を護るためなら、もっと頑張れる気がした。現金なものだと我ながら呆れたが、所詮自分は子供なのだと決めつけると不思議に納得できた。

休憩時間は残り少ない。その時間の中で対処しなければならない課題は山のようにある。神足は日陰に身を置きながら、懸命に頭を巡らせ始めた。

終業後、神足は矢口を寮の自室に誘った。

「何だ。どこかの居酒屋で一杯引っ掛けるんじゃないのか」

「喫茶店とか呑み屋では話せない内容なんです」

「例の、連続殺人の話か」

合点した矢口は文句も言わずについてきてくれた。

寮の壁は薄いが、いっそ徐に二人の話が洩れてもいいとさえ思った。神足と矢口が警戒しているのを知れば、徐もおいそれと紗穂里に近づこうとは考えないはずだ。

「この隣なんだよな」

２０３号室側の壁を指で軽く叩き、矢口は不吉そうに言う。

「改めて考えると、お前よく今まで我慢していたよな。隣で解体ショーが開催されてるなんて状況、俺だったらひと晩と保たないぞ」

「別に保ってる訳じゃないですよ。僕だってぎりぎりの状態だったんですから」

「で、相談ってのは何だ」

神足は紗穂里からの訴えを伝える。最初こそ余裕を見せていた矢口も、話を聞き終わる頃には表情を硬くしていた。

「なるほど穏やかな話じゃないな」

「僕たちより彼女の方がずっと深刻ですよ」

「深刻だけど却ってシンプルじゃないか。それこそ警察に訴え出たらいい。被害届もそうだが、お前が見聞きしたことをそのまま証言すれば終いだ。れっきとした目撃者がいるんだから、警察も動く。徐を連行して締め上げれば一発だろう」

おそらく煮え切らない顔をしていたのだろう。矢口はこちらの顔を窺うと、一転責めるような口調に変わった。

「まさか未だに、色々ややこしいのは避けたいとか言うんじゃないだろうな。彼女が身の危険を感じて助けを求めてるのに、それはないだろう」

「いや、あの……ややこしいよりも切実な事情があるんです。だから僕が警察に行く訳にはいかないんですよ」

「だったら、その事情とやらを話せ。包み隠さず教えてくれなきゃ、乗れる相談も乗れん」

矢口は腕組みをして神足の返事を待つ。納得しなければ、すぐにでも席を立つという態度だった。

進退窮まるとはこのことだった。自身の過去を打ち明けなければ矢口の協力は得られそうにない。だからといって打ち明ければ、神足を敬遠してやはり協力してくれない惧れがある。

加えて矢口という友人を失うのも怖かった。神足友哉として手に入れた得難い友人だ。気さくで面倒見がよく、情に厚い。こんな男はもう二度と自分の前に現れないだろう。

だが神足一人で紗穂里を護りきれるものではないのも承知している。己一人の身を護るだけでも大変だったのだ。この上紗穂里までをカバーする余力はない。

矢口は相変わらず神足の返事を待っている。どうやら今日はいくつもの決断を迫られる日なのだろう。

自身の平穏を取るか、それとも紗穂里の安全を取るか。二者択一なら自ずと結論は出ている。

「驚かないで聞いてくれますか」

「今更、何も驚きゃしない」

「実は僕、前科があるんです」

「……無免許運転か何かか」

「ストーカー規制法違反ならびに傷害罪」

神足が告白すると大層驚いてみせた。

しかしいったん驚いてもらえれば後は楽だ。神足は瑠依との一部始終を順繰りに説明する。最後に神足友哉が本名でないことを打ち明けると、矢口は再度驚いた。

「身分詐称までしてたのかよ」

「そうでもしない限り、再就職できないと思ったんです」

世間が前科者に対してどれだけ冷淡なのかを切々と話す。眉間に皺を寄せていた矢口も、次第に憐れむような視線を投げてきた。

「まあ確かにそういう色眼鏡で見ちまうかもな。お前がどんなヤツか知っているから膝突き合わせていられるが、最初にそれを聞いていたら、俺だって距離を取っていたかもしれない」

「黙っててすみませんでした」

「もういい。それでお前が俺に不義理かました訳じゃないものな。誰だって隠しておきたい秘密の一つや二つはあるさ」

「すみませんでした」

神足は深々と頭を下げる。それで矢口との絆を断ち切られずに済むのなら、何度下げてもいいと思った。

「よし。お前が警察に行けない事情は承知した。しかし結局は問題未解決のままだぞ。まさか俺がお前の代わりに証言することもできない」

「僕なりに考えました。たった一つだけ方法があるんです」

「話せ」

「現行犯。徐が次の犯行に及ぶ直前に取り押さえるんです」

「二人で取り押さえて、俺一人が証言するってか。また難儀な方法を考えついたものだな」

「具体的な方法まで考えているのか」

矢口は呆れたように言ったが、顔は満更でもないようだった。

矢口は悪巧みをするように声を低くした。

問われたものの、神足に妙案がある訳ではなかった。紗穂里の身を護り、尚且つ徐を現行犯で捕まえるとなれば、自ずと手段は限られてくる。

「シンプルな方法だけど、二人で紗穂里の警護に当たるというのはどうでしょうか」

すると矢口は呆れたように返した。

「シンプル過ぎて度肝を抜かれた。確かに彼女を護るには効果的だろうけど、徐を取り押さえることはできないぞ」

「警護といってもぴったりくっつくんじゃなくて、かなり離れた後ろからついていくんです。彼女を尾行する人間を挟んで、二人を同時に監視する」

「じゃあ別宮は囮(おとり)ってことか」

囮という単語は物騒だが、実質はその通りなので頷くしかない。

「しかし、そんな計略で別宮の許可が取れるのかよ。彼女だって馬鹿じゃない。自分がエサにされていることくらい、すぐに察するぞ」

「でしょうね」

「でしょうねって」

「どのみち徐を捕まえないことには彼女も安心できません。それに二人がかりで見張るとなれば、そんなに心細くはならないと思います」

矢口は腕組みをして考え込んでいたが、やがて隣室とを隔てる壁に耳を当てた。

「お隣はまだ帰ってきていないみたいだな。おいっ、別宮は大丈夫なのか。まさか徐に襲われている最中だったら……」

「大丈夫です」

腰を浮かしかけた矢口を制して、大声を出さないようにと唇に人差し指を当てる。

「今頃彼女は検査部の女子社員たちと呑み会ですよ。午後十時にお開きの予定だから、まだ当分あります」

「あいつが呑み会って珍しいな」

「参加者の一人が欠席だそうです。同僚の篠崎(しのざき)って娘(こ)が無断欠勤したもんだから、数合わせに呼ばれたって」

「どこで呑んでるんだ」

工場群の裏手には飲食店が点在しているが、その中に居酒屋のチェーン店がある。他の会社は知らないが、〈ニシムラ加工〉の女子社員たちはそこを行きつけの店にしているらしい。

「午後十時お開きだったな。そんな時間に一人歩きさせるつもりか。それこそ徐の思うつぼじゃないか」

「だから本日ただ今から警護を開始するんですよ」

「手回しがいいじゃないか。それで俺を部屋に呼んだな」

矢口は唇を尖らせたが、本気で嫌がっている風ではない。むしろ捕物に参加できるのが楽しげにさえ見える。

「で、この作戦、当の別宮も承知しているんだろうな」

「いいえ。矢口さんが賛同してくれた時点で知らせようと考えてました」

「何だ。俺が断るとでも思っていたのか」

水臭いと言わんばかりの不満顔が有難かった。

神足はスマートフォンを取り出して、紗穂里にＬＩＮＥでメッセージを送る。

最初の返信は予想通りのものだった。

『信じられない。どうして矢口さんまで巻き込むのよ』

近しい者にさえなかなか胸襟を開こうとしない紗穂里らしい反応だと思った。機嫌を損ねたくないので、即座に弁解を返す。

『ただの相談ごとじゃなくて、下手したら命が懸かっている。この際、信頼できる人に助けてもらった方がいい』

『せめて、わたしに打診してほしかったな』

『とにかく呑み会が終わる時間には現場に到着して、君の警護を開始する。解散したら連絡してくれ』

　最後の返信は口をへの字にしたキャラクターのスタンプだったので、渋々承諾したという意味に解釈する。

「こっちはオーケーです」

　紗穂里の事後承諾を得た後、二人は時間を見計らって寮を出た。

　現場には解散予定時刻の三分前に到着した。徐の姿はないようだ。対面に建つ店舗脇の路地に身を潜めていると、やがてスマートフォンが着信を告げる。

『会計終了』

　首だけ覗かせていると、知った顔の女子社員たちがわらわらと店から吐き出されてきた。紗穂里はと探してみると、最後に姿を現した。

「別宮さん。あたしら二次会行くけど、どーする？」

「ごめん。明日、早くって」

「そーおー、残念。じゃあ今度ね」

声質だけで社交辞令と分かる。元々、大勢とつるむのが苦手な紗穂里だ。二次会まで付き合うつもりがないのは、誘った側も承知しているに違いない。

二次会に向かう連中はメインストリートの方角へ消えていく。一人残された格好の紗穂里はきょろきょろと左右を見渡してから、別の道を歩いていく。そちらは会社が社宅として借上げた紗穂里のマンションのある方向のはずだ。

紗穂里の背中が闇の中へ紛れる前に、神足は一歩を踏み出す。後ろにいた矢口がそれに続く。

「この先、別宮の家だよな」

「だと思います」

「思いますって……お前、彼女の部屋に招かれたことがないのかよ」

「ないです」

「付き合っているんじゃなかったのかよ」

「一緒に飯食う程度ですよ」

「二人きりでか。そういうのは、お誘いのサインじゃないのか」

「相手の気持ちに確信が持てないんです」

勘違いの前科があるので、易々と誘いに乗るのが怖くて仕方ない。だが、それを矢口に説明しても詮無い話だ。矢口も鈍い人間ではないので、そのひと言で察してくれたようだった。

「……まっ、時間をかけるしかないか。しかし向こうがいつまでも待ってるなんて思わない方がいいぞ。アレは色々と残念な女だけど、狙っているヤツが多い」

小声ながらとりとめもないことを喋っていられるのは、紗穂里との間隔を保っているからだ。その間、約五十メートル。振り向いても尾行されているとは思われ難く、それでいて対象者の動向が具に窺える。しかも五十メートルというのは、別の尾行者が容易に入り込める間隔でもある。この絶妙な距離は瑠依の尾行を繰り返すうちに会得した感覚で、言わば邪な知恵だ。それが今は紗穂里を護るのに役立っているのは、皮肉としか言いようがない。

「ずっと考えていたんだけどな」

沈黙が耐えられないのか、矢口は尚も話し掛けてくる。

「いったい何だって、徐は被害者たちをバラバラにしているんだろうな」

今まで一考もしなかったことだった。

「やっぱり異常性癖とかじゃないんですかね。ただ殺すだけじゃ飽き足らなくって、バラバラにして初めて満足、みたいな」

「海の向こうの話には聞いたことがあるけど、日本じゃ珍しいだろ」

「どうですかね。昔は留学先で女性を殺害した挙句、その肉を食したなんて日本人がいたらしいですから。民族的な相違とも思えません」

「しかし、そういうのが同じ職場で働いているってのはスリリングだな」

冗談めかして言っているが、矢口の軽口は今に始まったことではない。緊張を解(ほぐ)すのが目的と知っているから、神足もやめさせようとはしない。

「矢口さんは職場だけだから、まだいいですよ。僕なんて寮に帰ってもずっと隣にいるんですからね」

「ああ、ずっと解体ショーの実況中継聞かされてたんだよな。しかし、よく死体を部屋に持ち込むのを目撃されなかったもんだ」

「〈ニシムラ加工〉って結構ブラックじゃないですか。検査部はともかくとして」

「同意する」

「あの寮に住んでる社員は大抵作業区で働いてる連中ですからね。仕事終わって飯食って風呂入ったら、そのまま爆睡ですよ。隣の部屋で爆竹鳴らされたって起きるかどうか」

「けど、お前は起きた」

ちょうど熱帯夜で眠りが浅かったのが災いした。あの時、隣室の物音に気づかなければこんな羽目に陥らずに済んだのだが、もう後の祭りだ。

「解体ショーを聞かされて不運だと思っているか」

「そう思わないヤツなんていないでしょう」

「別の見方もある。お前が徐の犯行に気づけたから、こうして別宮を護ることができる。気づかないままだったら、とっくに別宮も殺されてバラバラにされていたかもしれない」

「……ポジティヴですね」

「そうとでも考えなかったら、やってられないだろ」

自分とはそもそも発想が違うのだと、神足は感心する。服役以後は以前にも増してネガティヴに捉える傾向になった神足とウマが合ったのは、おそらく真逆の性格だからだろう。

「しかし、堂々とした振る舞いだな、別宮も。自分が狙われているってのに」

「僕や矢口さんが警護しているのを承知しているからじゃないんですか」

「敵はシリアルキラーだぞ。それで安心できるのも、大した度胸だよ」

工場群の裏手は街灯が乏しく、飲食店の照明から遠くなると途端に闇が深くなる。さすがに五十メートル間隔では紗穂里の姿が掻き消えてしまいそうになるので、神足たちは少しだけ足早になる。

その時だった。

　前方の脇道からぬっと人影が現れた。背格好だけで徐だと分かる。このタイミングで出てきたのは、やはり紗穂里の帰り道を知った上で待ち伏せしていたからに違いない。急に心臓が早鐘を打ち始めた。予想していたこととはいえ、実際に本人を目の当たりにすると恐怖心が頭を擡げてくる。

「やっぱり出なすったか」

　神足に比べ、矢口は獲物を見つけた猟師のように声を弾ませる。

「体力、自信あるか」

「人並みには」

「充分だ。俺と合わせりゃ二人半だ」

　ちゃっかり自分を一人半に数えているのが矢口らしい。

　徐は紗穂里から二十メートル離れた場所で尾行を続ける。こちらの思惑はぴたりと的中し、紗穂里の行動と徐の振る舞いが一望できる。やはり徐は尾行に不慣れらしく、紗穂里と上手く歩調を合わせられない。速過ぎたり遅過ぎたりで、その都度速度を調整するから歩き方がずいぶんと不自然に映る。ところが人通りがないために、見咎める者もいない。

「向こう側から来る人影はないな」

「ありませんね」

「どうして別宮との間合いを保っているんだろう。襲うつもりなら、じわじわとでも間合いを詰めるのが常識だろうに」

女性を襲うのに常識があるのかどうかはともかく、矢口の指摘ももっともだった。

「おそろしく慎重なんだと思います。そうでなきゃ続けざまに三人も殺せません」

「どうもあの様子を見ている限りあまり慎重そうには思えないんだが、理屈はそうだよな」

動きの鋭い人間が賢いとは限らない。動きの鈍重な者が迂闊とは限らない。刑務所の中にいれば、そういう実例に嫌というほど巡り合う。決して人間を上辺だけで判断するなと叩き込まれた。

徐の尾行は尚も続く。いかにも尾行し慣れない足取りが、却って不気味に映る。紗穂里との距離をいつ縮めるのか、二人は息を殺して様子を窺う。

そろそろ紗穂里の住むマンションも近いはずだ。

「なかなか手を出そうとしないな」

「ええ、彼女のマンションももうそろそろだと思います」

今日は空振りか——そう判断しかけた時、矢口の声が尻を蹴飛ばした。

「だったら、今が一番危険じゃないか」

目が覚める思いだった。矢口の指摘は的を射ている。暗い夜道を歩いている間は警戒していても、自分の家が見えてくれば気が緩む。その一瞬の隙を突く奇襲は非常に効果的だ。

「ここからが正念場ってことですよね」

神足は一層神経を集中して前を歩く二人を注視する。遂に紗穂里はマンションの敷地内に足を踏み入れた。彼女のマンションはオートロックになっているようなので、エントランスの中に入ってしまえば、取りあえず外部からの侵入は防げる。

早く安全地帯に逃げ込んでほしい思いと、徐に動いてほしい思いが交錯する。双方に引き裂かれるようにして見守っていると、エントランスの中に見覚えのある人影を認めた。

宮藤刑事だった。

不測の事態に神足の頭は混乱する。どうして宮藤がこのマンションにいるのか。まさか捜査の過程で徐が紗穂里を狙っているのを嗅ぎつけでもしたのか。

驚いたのは神足だけではない。彼女を尾行していた徐までも慌てた様子で踵を返し、脱兎(だっと)のごとくこちらに向かってきた。

いきなりの方向転換に戸惑う間もなかった。ここで矢口ともども脇道に逃げても不自然、回れ右をしたら更に怪しく映るだけだ。

あっという間に徐は二人の面前までやってきた。夜陰に紛れるも何もない。ほとんど真正面から顔を見合わせる羽目になる。

　先に声を発したのは徐の方だった。

「コンバンハ、神足サン」

　徐は何事もなかったかのような気軽さで声を掛けてくる。最前まではこちらが追跡する側だったにも拘わらず、攻守逆転したようで神足は途端に余裕をなくす。

「二人デ散歩デスカ」

　癪に障ることに、尾行されていたのを知ってか知らずか徐は顔色一つ変えずにいる。逆に神足の方はすぐに切り返しができなかった。

「う、うん。散歩」

「二人トモ静カナトコロ、好キナンデスネ」

　神足たちの尾行に勘付いていたのだとしたら、小馬鹿にされたものだ。一瞬苛立ったものの、ここで激昂しても始まらない。紗穂里を狙っていた徐は不審者だが、それを追っていた神足たちも負けず劣らず不審者だった。

「ああ。騒がしい場所は二人とも苦手なんだ」

　紗穂里をつけ狙っていた犯人を相手に狼狽するのは業腹だったが、不意を突かれた余波がまだ収まらない。

　こういう時に頼りになるのはやはり矢口で、神足の肩越しに反撃を試みた。

「そっちは何の用事だい」

「コンビニ、買物」

「何をだよ」

「夜食」

「それにしちゃあ手ぶらじゃないか」

神足が狼狽していた分、矢口の反撃ぶりが際立つ。

「欲シイモノ、アリマセンデシタ。インスタントラーメン」

「インスタントラーメンなんてどのコンビニにも山のように置いているじゃないか」

「欲シイノハ中国ノラーメンデス。日本ノラーメントト違イマス。コンビニナラ置イテルト思ッテタノニ」

言い訳として頷けない話ではない。咄嗟に思いついた嘘なら大したものだと、内心舌を巻く。

「一緒ニ帰リマスカ」

この誘いには矢口も面食らったようだった。

「いや、俺たちはもう少しぶらついてから帰る」

「オヤスミナサイ」

尾行は慣れていなくても、しらばくれるのはお手のものらしい。徐は平然と二人の脇をすり抜けて去っていく。後に残されたかたちの神足たちはいい面の皮だった。

「……いとも簡単に逃げられたな」

　矢口の吐いた溜息は神足への失望のように聞き取れる。

「すいません。急に話し掛けられてすっかりテンパってしまいました」

「謝らなくていい。あれが普通の反応だ。向こうが一枚上手だったってだけだ。あの野郎、眉一つ動かさなかった。表情もまるで読めなかった」

「仕事中もずっとあれですからね」

「働いている最中は気にも留めなかったが、こういう状況下でああいう態度を目の当たりにすると改めてぞっとする」

　それでも矢口はましな方だと思った。自分などは徐への薄気味悪さと恐怖を何日も味わい、睡眠不足にも悩まされている。

「徐を尾行しますか」

「いや。俺たちが後ろについていたのを知ったからには今夜は真っ直ぐ帰るだろう。そもそもあの落ち着き方は、最初から俺たちの尾行に気づいていたかもしれん」

「気づいていながら紗穂里の後を尾行(つけ)ていたっていうんですか」

「その可能性もあるってことだよ。俺たちがどこまで疑っているのか、どんな罠(わな)を仕掛けているのかを探ろうとしたのか。あるいは、ただおちょくってやろうと思ったのか」

矢口は気味悪そうに首の後ろを擦ってみせる。

「分かっているのは、今日のところは俺たちの完敗っていうことだ。ただし完敗でも悪いことばかりじゃない」

「どういうことですか」

「監視すること自体は有効って意味だ。こちらの尾行を察知されようがされまいが、俺たちが別宮にぴったりくっついている限り、あいつは彼女に指一本触れられない」

相変わらずのポジティヴな思考に感心する。何かにつけ後ろ向きに捉える自分とは、性格も育ち方も違うのだろう。

いっそ紗穂里の護衛に関しては矢口に一任した方が得策なのではないかと考え出した頃、内心を見透かしたように声を掛けられた。

「別宮の安全を確保するのに、要員は多ければ多いほどいい。俺を巻き込んだのは正解だったと思う。俺は多分に楽観的だし、逆にお前は悲観的で神経質だ。言ってみりゃあ二人揃えば無敵じゃないか」

矢口の口から発せられると、陳腐な理屈も盤石な理論に聞こえるから不思議だ。きっと楽観的な人間が持ち得る特質なのだろう。

「それより気になることがある。さっきマンションの前で、徐が急に引き返してきただろ。あれはいったいどうした理由だ」

「おそらく、エントランスの中に刑事がいるのを見たからですよ」

「ああ、そう言えば男が一人立っていたな。あれがそうだったのか」

「宮藤っていう警視庁捜査一課の刑事ですよ。先日も会社の寮で訊き込みに回っていたし、徐の名前もその時伝えています」

「それにしちゃあ、何だってあのマンションにいたんだ。女子社員の借上げ社宅だろ」

「虱潰しに訊き回っているんでしょうか」

二人はそのまま引き返して別れたが、もちろん神足は紗穂里に連絡するのを忘れなかった。寮の自室では隣室が気になるので、駅前から電話をかけてみる。

「ちゃんと部屋まで戻れたか」

相手の反応は気持ちいいくらいに反抗的だった。

『二人がかりで警護してたんでしょ。だったら、わたしがエントランスまで入ったところ、ちゃんと確認しているはずよ』

「うん。やっぱり徐が後をつけてた。ついでに刑事が待ち伏せしているのも確認できた。宮藤さん、どうしてあのマンションにいたんだよ。ひょっとして徐のことで女子社員からも情報を集めていたのか」

『ううん。あの刑事さん、ていうかその他お巡りさんたち多数が別件で来てた』

「何の件だよ」

『今日の呑み会、わたしは数合わせで参加させられたのは言ったよね。その元々の欠席者、検査部篠崎真須美ちゃんの件で』

「おい、まさか」

『そのまさか。ご両親も本人と連絡が取れなくなって、警察に行方不明者届を出したんだって』

「そこのマンション、会社の借上げ社宅だから……」

『うん、真須美ちゃんもここに住んでるのよ。今まで一度だって無断欠勤しなかった娘がもう三日も音沙汰なしだったから、今日は検査部長が直々に訪問。管理会社の担当者と一緒に部屋を覗いてみればもぬけの殻。会社からの報告を受けてご両親が届け出たみたい』

「詳しいね」

『その宮藤って刑事さんが教えてくれたのよ。ここまでなら秘密にする情報じゃないし、遅かれ早かれ同じ検査部の人間には洩れる内容だしね』

じわじわと不安が襲い掛かる。身近に女性の行方不明者が出ると、どうしても徐を結びつけてしまう。

『友哉が考えてること、大方予想つくよ。真須美ちゃんも例の事件に巻き込まれたんじゃないかって思ってるんでしょ』

「段々、近づいているんだ」

『どういう意味』

「最初は蒲田の住宅地、二件目は大井埠頭の埋立地、三件目が〈佐々木繊維加工〉。時間経過とともに死体の発見場所は〈ニシムラ加工〉に近づいている。ウチの社員の中から犠牲者が出ても何ら不思議じゃない」

不意に電話の向こうで紗穂里が黙り込んだ。

「大丈夫か」

『……さすがに、ちょっと怖くなった』

「悪い。別に脅かすつもりじゃなかったんだけど」

『つもりがなくても、結果的にわたしが怯えたら一緒じゃないの』

いつになく口調が心細げに震えている。紗穂里のこんな声を聞くのは初めてだったので、逆に慌てた。

「警護は矢口さんと続ける。でも、もし二人だけで心配ならもっと人を増やして……」

『二人で充分だから』

非難に近い口ぶりだった。

『これ以上、他の人を巻き込みたくないし、第一、犯人が分かっているんだったら、わたしの身を護るよりも、当人を捕まえるのが先決でしょう』

紗穂里の言い分ももっともだが、神足は即答できずにいる。

一番の早道は自ら警察に出向くか宮藤と会って捜査協力を申し出ることだ。通報者本人が現れて証言すれば、捜査本部も徐を最有力の容疑者として扱ってくれるに違いない。だが警察への協力は、そのまま神足の身分詐称が露見することに繋がりかねない。紗穂里の身の安全を確保する必要から矢口には明かしたものの、自分の本名と過去は永遠に封印したいし、何より紗穂里にだけは知られたくない。

「まだそのマンションには警官が常駐するのかな。してくれたら防犯上、有難いんだけど」

『それは真須美ちゃんの捜査の進展次第よ』

紗穂里の言葉はそこで途切れた。

皆まで聞く必要はない。無事に彼女が帰還すれば一件落着、宮藤をはじめとした警官たちは即刻引き揚げるだろう。しかし万が一、事件に巻き込まれたのならば被害者の自宅という理由で当分は警察の監視下に置かれるはずだ。

無事であってほしい気持ちと警官たちに常駐してほしい気持ちが綯い交ぜになる。要は真須美と紗穂里を天秤に掛けるような話なのだが、そうなればどうしても紗穂里の側に傾いてしまう。

真須美の事件が深刻化すればいい——まさかそんなことを口走る訳にもいかず、神足はただ「とにかく外出時は気をつけて」としか言えない。

「何といってもシリアルキラーはお隣さんだからな。作業場でも寮でもヤツの一挙手一投足に目を光らせるから」

『頼りにしている』

それきり紗穂里との会話が切れた。

間もなく疲労感に襲われ、神足は重い足を引き摺りながら寮に戻った。帰宅したのは午後十一時五十二分。

徐はまだ帰っていないようだった。

3

翌朝、神足はスマートフォンの呼び出し音に叩き起こされた。出勤前に電話をしてくるような相手は限られている。液晶画面を見ると、果たして発信者は紗穂里だった。

「どうした。何かあったか」

『ひょっとして起きたばかりなの』

「構わない。ちょうど起きるところだった」

『電話切ってからネットニュース見て。悪い予感が的中した』

紗穂里の言わんとする内容はすぐに予測がついた。

「例の、検査部の娘か」

『最悪……話すこと少なかったけど、仕事熱心な可愛い娘だったのに』

長く話すと辛くなるのか、電話はそれきりで切れた。神足は慌ててネットニュースを漁ってみる。

該当する記事はすぐにヒットした。

『二十七日、東京・大田区大森北二丁目の側溝から女性の遺体が発見された。遺体は死後二日以上経過しており、行方不明者届の出されていた同区在住の篠崎真須美さん（二三）と判明。現場近辺では五月から女性の遺体の一部が連続して発見されており、捜査本部では関連を調べている』

おそらく第一報であるせいだろう。記事の内容は簡明で情報も少なかった。

だが被害者の身元が判明しただけで充分だった。神足の悪い予感が的中し、紗穂里の身近にいる者が四人目の犠牲者となったのだ。

己の吐いた言葉が跳ね返る。

徐は間違いなく近づいている。今まで外に向けていた手を手前の半径五十メートル以内に伸ばしてきたのだ。

神足は反射的に壁へ向かう。耳を当てると隣室から何やら物音がする。どうやら徐は神足が寝入った後に帰宅したものとみえる。

徐が読解できるかは不明だが、徐も今朝のニュースを見たのだろうか。

見たのであれば、どんな顔をしたのだろうか。

想像すると肌に粟を生じた。間違っても玄関先で鉢合わせしたくないので、神足は着替えを急ぐ。


寮を一歩出るなり、制服警官の姿を見掛けた。通りでは更に別の警官に出くわした。明らかに昨日とは様子が違う。いかにも重大事件の犯人を追跡しているような物々しい雰囲気だ。

異様な雰囲気は工場に近づくに従って濃密になっていく。それもそのはず、道路を行き来する警官の数が増えているのだ。

被害者が社員という事情から、工場内にも刑事たちの姿が目立った。作業棟にも遠慮なく入り込んできたので、違和感も相当なものだ。

始業前の訓示で、来生主任の声は心なしか上擦っていた。

「一部報道で知った人もいるでしょうが、当社検査部に所属する篠崎真須美さんが無残な姿で発見されました」

大半の者は既にニュースを見聞きしているらしく、驚いた顔は一つもない。気になったのはやはり徐の表情だった。試しに一瞥すると、やはり何の興味もないような顔をしている。

「篠崎さんは入社以来、工場のために粉骨砕身頑張ってきた〈ニシムラ加工〉のホープでした。そんなホープをこんなかたちで失うのは痛恨の極みです」

大層な訓示だが、来生が検査部と昵懇などという話は今まで聞いたこともない。日頃から自分の言葉で昂奮するタイプだから、この訓示も同様なのだろう。

「会社としては一刻も早く事件が解決されるべく警察に全面協力する所存です。つきましては捜査関係者から色々質問されるでしょうが、いつでも協力してください」

鬱陶しい訓示の直後に作業が始まった。来生はいつでも協力するようにと訓示を垂れたが、緊張を強いる加工作業の途中に話し掛けてくる魯鈍な捜査員もおらず、作業自体はつつがなく進行していった。

ただし別の緊張感が神経を苛む。近くにいなくても、絶えず徐の存在が気になる。しかも昨夜は相手に尾行がばれ、加えて徐が紗穂里をつけ狙っていた場面を目撃してしまっている。つまりは二重の意味で徐に襲われる理由が発生したことになる。

四六時中危険と隣り合わせの酸浸漬工程では事故の発生率も高く、劇物による火傷や怪我もしょっちゅうだ。言い換えれば作業中のミスから大事故に発展したとしても何ら不思議はない。

誰か知恵の回る者が事故に見せかけて任意の者に重傷を負わせるのも決して不可能ではない。実際にそうした事例が発生しないのは、偏に従業員たちの良心と倫理観が機能しているからだ。

だが徐に倫理観を期待してはいけない。夜な夜な女性たちを殺め、事もあろうに自室で解体しているような凶悪犯だ。事故に見せかけて目撃者を抹殺できる環境に置かれれば、躊躇なく実行するに違いない。

いつ仕掛けてくるか。

いつ目の前に現れるか。

睡魔の代わりに襲い掛かる恐怖心で一瞬も気が抜けない。お蔭で小休止の時間が到来すると、全身に疲労感を覚える始末だった。

小休止の十五分間、作業棟の外に出ると、やはり刑事たちの姿を認めた。彼らは休息中の従業員を捕まえては何事か質問している。彼らの仕事に難癖をつけるつもりはないが、疲労困憊の人間にあれこれ尋ねて懇切丁寧な回答が得られると本気で思っているのだろうか。

彼らの矛先が向けられる前に退散しよう――そう考えていると、眼前に矢口が現れた。

「今、いいか」

一人で話していれば、刑事も易々と割り込んでこないだろう。神足にとっては渡りに船だ。

「いいですよ。ちょうど話したかったんです」

「全く、悪い予想ほど的中するってのは本当だな」

やはり、その話になるのか。

「篠崎真須美の音信が途絶えたのは二十三日の終業後からだ。翌日から無断欠勤、家族や同僚からのＬＩＮＥも未読のままだったらしい」

「みたいですね」

「別宮から聞いたか」

「ええ。同じ検査部ですから、彼女の情報が一番信頼できそうです」

「じゃあ、この情報はどうだ。検査部の中で特に彼女と仲のよかった男が、午前中ずっと質問攻めに遭っている」

初耳だった。

「捜査本部としては一連の事件と関連づけもしているが、一方では独立した事件での方向も視野に入れているみたいだ」

「どうしてですかね」

「そりゃあ決まっている。死体が損壊されていないからさ」

矢口の説明によれば、篠崎真須美の死体は側溝の中に半裸状態で押し込まれていたのだという。発見したのは早朝ランニングに勤しんでいた初老の男性で、側溝の上に被せられたブロックの端から人間の足らしきものが覗いているのを目にしたのだ。

半裸のまま側溝に押し込むというのは残酷にも思えるが、一方で過去三件に施されたような死体損壊の痕跡はなかったらしい。

「前の三人は死体をバラバラにされていたのが最大の特徴だ。ところが篠崎真須美の場合にはそれが認められない。捜査本部が慎重になるのも当然だろうな」

「それにしても、どこからそんな情報仕入れてくるんですか。まだネットニュースに第一報が流れて数時間しか経ってないのに」

「俺の顔の広さを知らんな」

矢口は得意げに鼻の頭を掻く。

「作業場だけじゃない。検査部にも知り合いが多い。刑事たちが一番熱心に訊き込んでいるのが検査部だから、当然一番情報が洩れてもくるさ」

「検査部の男ってのは交際相手なんですか」

「そうらしいな。検査部では半ば公然の仲だったみたいだ。殺されたのが若い女なら、付き合っている相手を疑うのは常道だ」

聞いているうちに複雑な感情を覚える。篠崎真須美を殺害した犯人がその交際相手なら、工場内の慌しさは早晩解消される。その一方、犯人は徐でなければ収まりが悪い。

「交際相手は桑村って男だ。しかし検査部の連中の心証は完全なシロだ」

「確固としたアリバイでもあるんですか」

「そこまで詳しくは聞いてない。ただまかり間違っても篠崎真須美を殺さなきゃならないような揉め事は起こっていなかったらしい。痴話喧嘩や仲違いのレベルなら同僚に洩れるもんだが、それすらもなかったんだからな」

正鵠を射ていると神足は思う。刃傷沙汰の手前まで仲がこじれていれば、女の方は近しい者に相談しているのが常だろう。こじれた時点で、己の身を護る意識が働く。以前の手痛い失敗で得た、貴重な教訓だった。

「で、どうする。徐のことを警察に話してみるか。折角向こうから出張ってきてるんだ」

「無駄ですよ」

神足はふるふると首を振ってみせる。

「最初、寮に訊き込みにきた時に、隣で物騒な音がするのは申告しているんです。それでも警察は本気で聞いちゃくれませんでした」

「ずいぶん状況が変化している。今なら本気で聞いてくれるんじゃないのか」

「本気で聞くなら、僕の身元も本気になって確認しようとするでしょうね」

言わんとしていることが通じたらしく、矢口は渋い顔をした。

「身バレが怖いか。でも身分詐称なんて大した罪じゃないだろ」

神足自身、新しい名前を手に入れた時に調べたから知っている。身分詐称自体は罪には問われない。ただし偽りの身分と氏名で公的な行い（例えば取材・捜査等）をすれば損害賠償や偽計業務妨害の罪に問われるケースが出てくる。

「この会社に入社する際に〈神足友哉〉の名前を使ってますからね。前科者を雇用するつもりがなかったと会社側が主張すれば有罪食らう可能性だって有り得ます」

「前科者というだけで雇わないってのは時代に逆行しているような気がするが」

「何もかもが一斉に変わる訳じゃないです。それに、どこの会社だって本音と建前がありますから」

たとえ更生できたとしても、前科など一顧だにしない企業がこの国にどれだけ存在するのか。実際の就職活動で散々辛酸を舐めさせられた神足は、本音と建前の乖離具合を身に沁みて知っている。

「会社だけじゃなくて、対人関係だってそうです。前科があるのを知った上で付き合い方を変えないのは、変わり者な矢口さんくらいのもんですよ」

「ちょっといい話になりかけたが、それだと事件の解決を遅らせる結果にならないか」

毎度のことながら矢口の問い掛けは返事に窮するものが多い。紗穂里の身の安全および徐の逮捕を優先すれば、神足は身元が明らかになるのも構わず証言するべきだろう。

だが本来の氏名と詐称の理由を告げた瞬間、紗穂里からの信頼は水泡に帰す。いや信頼が無になるだけではなく、女性の敵として蛇蝎のごとく嫌われる可能性が高い。

戸籍を買ってまで得た職を失うのも辛いが、信頼を寄せてくれている紗穂里から見放されるのはもっと辛い。利己主義と罵られようが、正直な気持ちだった。

「何とかしますよ」

我ながら虚勢じみた台詞だと思ったが、今はそう言うしかなかった。

そろそろ小休止の時間も終わりに近づき、矢口とともに腰を上げた時、不意に行く手を遮られた。

「少し、いいですか」

咄嗟のことに返事ができない。

目の前に立ち塞がったのは宮藤だった。

「被害者の篠崎真須美さんの件で調べています。ご協力ください」

静かだが有無を言わさぬ口調だった。気圧されるように、二人はその場に足を留める。

「篠崎さんをご存じでしたか」

宮藤は真っ直ぐ神足の目を見つめている。

じっとりとした粘液質の視線だ。

矢口が何か言いたそうにしているが、この場は神足が答えなければ不自然だろう。

「いいえ。僕たちは作業場に閉じ籠ってますから、検査部の人間とは没交渉です」

「ほう。では顔を合わすこともありませんか」

「そりゃあ時々すれ違うことはあるんでしょうけど、少なくとも僕は篠崎真須美さんを知りませんでした」

「彼女に纏(まつ)わる噂とかは聞きませんでしたか。たとえばストーカー被害に遭われているとか」

　ストーカーという単語に心の一部がびくりと反応する。

　落ち着け。

　宮藤が自分の前科を知っているはずがない。

「聞いたこともありません」

「これは全員に訊いているのですが、二十三日の夜、あなたは何をしていましたか」

　二十三日といえば、終業後に定食屋で夕飯を掻き込み、喫茶店で紗穂里と会っていた。

「工場を出てから定食屋で飯を食って、喫茶店で人と会ってました。寮に戻ったのは午後九時くらいでした。寮に戻った時、同じ階の住人とすれ違ったので、向こうも憶えてくれていると思います」

「人と会っていたのなら、その相手が証言してくれそうですね。どこの何という方ですか」

「関係ないでしょう」

「それを判断するのは我々です」

隠せば隠すほど心証が悪くなるのは学習済みだ。

「……検査部の別宮紗穂里という人です」

「ほう。さっきは検査部の人間とは没交渉と言いませんでしたか」

「そういうのは例外でしょう。それとも作業部の人間は検査部の人間と会っちゃいけないとでも」

喋っている最中に、自分が我を忘れそうになっているのに気づいた。

「宮藤さん。しかしそれを聞いたところで篠崎真須美さんの殺された時刻が分からなきゃ意味がないでしょう。いったい彼女は二十三日の何時に殺されたんですか」

「捜査情報に類する事柄なのでご勘弁を。ここ数カ月、界隈では女性の死体が立て続けに発見されています。怪しい人物を見掛けませんでしたか」

「それは最初に話したじゃないですか」

腹の探り合いをしているような余裕はなく、神足は即座にカードを切る。

「寮の203号室に住んでいる、技能実習生の徐浩然。そいつが夜中に死体を切り刻んでいるような音がするって。徐が犯人ですよ」

「わたしもお答えしたはずです。証拠がないものは全て想像でしかないと」

「徐の部屋を家宅捜索してもらえれば、必ず死体を解体した痕跡が出ます」

「正当な理由もなしに家宅捜索なんてできませんよ。下手をすれば国際問題に発展しかねない。もっとも、あなたが彼の犯行なり遺棄現場なりを目撃したというのなら話は別ですがね」

宮藤は誘っている。

警察に通報したのが神足であるのを承知の上で揺さぶりをかけているのだ。

「証拠がなければ、どんな証言も信用してくれないんですか」

「そういう訳じゃありません。闇雲に聴取相手の言葉を信用しないというのはありますけどね。特に」

宮藤は意味ありげに口角を上げてみせた。

「吐く必要のない嘘を吐く人間の言葉は信用ができません」

反論を試みようとしたが上手い切り返しが見つからない。口をもごもごさせていると、矢口から脇腹を突かれた。

「もう休憩時間は終わりだ」

その逃げ方があったか。

「すいませんね、刑事さん。俺ら仕事なんで失礼させてもらいます」

「こちらこそ」

矢口が機転を利かせてくれたお蔭で事なきを得た。二人は宮藤の前を横切って作業棟の中に入る。

だが熱気立ち籠める作業場の中に踏み入った刹那、神足は背中に宮藤の視線を感じた。先ほどの粘液質に冷気を加えたような視線だった。

四　隣の貧乏鴨の味

1

「とうとう四人目だぞ」

桐島は刑事部屋に入ってくるなり、宮藤と葛城に向けて言い放った。普段から桐島の声は相対する者を威嚇するような響きがあるが、今日はより顕著だった。

大田区近辺の連続殺人事件がマスコミの耳目を集めて久しい。管理官の村瀬は三人目の犠牲者が出た直後の捜査会議でわざわざ檄を飛ばしたが、その甲斐もなく四人目の死体が発見された。村瀬以下、捜査本部の面目は丸潰れであり、桐島の声が不穏さを増すのも当然だろう。

「昨日付けで大田区長から事件の早期解決要請があった。自治体の長から尻を叩かれるのはそうそうあることじゃない」

言い換えれば、外部が尻を叩きたくなるほど薄のろに見られているということだ。

「まだ被疑者を絞れていないのか」

「まだ不審者情報を潰している最中です」

「タレコミのあった徐とかいう中国人の心証はどうだ。シロからグレーくらいにはなったのか」

「徐のことは葛城に調べさせています。今のところ不審な動きはみせていないようです」

宮藤の言葉に偽りはない。ただし徐を尾行する神足に疑惑が移ったので、別の者と交代させ、この二日間は葛城を神足に張りつかせてある。

「四人目の被害者、篠崎真須美は〈ニシムラ加工〉の従業員だ。徐も同じ会社だったな」

同様に神足友哉も同じ会社の従業員だが、敢えて注釈はつけない。

「シリアルキラーは獲物を捕捉してから牙を剝く。遠くの見たこともない獲物を狙ったりしない」

「だから身近にいる同僚を狙う。その理屈は分かりますよ。しかし、一人目から三人目までの被害者は全く別の勤務先です。手始めに身近にいる同僚を殺害し、その後狩猟の範囲を拡大していくのならともかく、その逆というのは理屈に合わないような気がします」

「元々、シリアルキラーなんて理屈に合うようなものじゃない。死体をバラバラにする手口を見ても異常性癖の持ち主だろう。もちろん判断能力は人並みだが犯行態様が異様に過ぎる」

犯行態様が異様に過ぎるからセオリーを無視しろ、という理屈にはある程度の説得力がある。だが裏を返せば、従来の捜査手法を押し通せないほど本部が焦っていることをも意味する。

「管理官は捜査員の増員を考えている」

事件の拡大に合わせて捜査員を拡充するのは当然の措置だが、専従を任された班にしてみれば力不足を宣告されたようなものだ。班を束ねる桐島にとっては屈辱であり、自身への評価にも影響しかねない。

長らく下にいるので、桐島の性格は熟知している。犯罪を憎むよりは同僚の出世を憎むタイプで、検挙率の高い麻生班への敵対心を隠そうともしない。もっとも動機が敵対心であっても検挙率が上がればそれに越したことはなく、桐島が津村(つむら)一課長から重宝されている理由はそこにある。

加えて何かにつけて麻生班を意識するのは、宮藤も迷惑と考えていない。他でもない宮藤本人が捜査一課のエースと持て囃(はや)されている犬養を好敵手と捉えているからだ。

「増員したところで動機の見えない通り魔殺人じゃ被疑者は絞りにくい。兵隊が増えれば統率に手間がかかる。舵取りを間違えれば迷宮入りになりかねない」

事件一つ迷宮入りになれば捜査本部延いては専従班の汚点になる。現場指揮者としては何としても避けたい事態で、実際桐島が増員を快く思っていないのはそのせいだ。

「増員が決まるまでに被疑者を絞り込め」

いち捜査員に対する命令としては多分に無理を含んでいるが、本当に無理だと思っているなら下さない。宮藤の能力を見込んだ上での言葉なので、こちらの自尊心を微妙に刺激してくる。

「やってみます」

返事に満足したのか、桐島は頷きもせずに踵を返す。

「いいんですか、あんなこと明言して」

立ち去っていく上司の後ろ姿を眺めていた葛城が、責めるような口調で話し掛けてくる。

「やってみると言っただけだ。成果まで約束した訳じゃない」

「班長はそう受け取らないでしょうね」

桐島の性格も宮藤の性分も承知しているらしい葛城は溜息交じりに言う。この男は相手がどんな立場であっても共感を示すところがあり、時には犯人に同情することさえある。およそ刑事には向かない男がどうして捜査一課に居続けるのか、考えてみれば不思議な話だった。

　ただし見かけや性格はともかく、刑事としての技量は認めざるを得ない。どんなに警戒心を抱く相手からでも証言を引き出したり、決して尾行を気づかせたりしないという特技は誰もが持ち得るものではない。

「それにしても、神足を尾行していたら被害者の自宅に辿り着いたというのは意外だったな」

　葛城の報告では、神足を尾行していると途中から徐が出現し、今回の被害者の住まうマンションに近づくや否や回れ右をして神足たちと鉢合わせしたのだという。

「お前の目にはどう映った」

「思いっきり遊ばれていますよ」

　葛城は呆れたように寸評する。

「同行していたのは矢口という同僚なんですけど、最初は女性の背後に回ってたんです。ひょっとしたら新しい獲物を狙っているのかと警戒したんですけどね。間に徐が入り込んだために計画が崩れた、みたいに見えました」

「要領を得ないな。神足の言い分じゃシリアルキラーは徐のはずなんだが」

「だから、徐は自分が疑われているのを知っていながら、尾行していた二人をからかっているんですよ」

だがこの話で一番滑稽なのは、女性を尾行していた神足たちが更に葛城に尾行されていたのに気づかなかった点だ。素人がどれだけ細心の注意を払おうと、捜査のプロフェッショナルにとっては子供騙(だま)し同然だという一例だった。

「宮藤さんの見立てはどうなんですか」

「訊き込みの際に徐を名指ししたのも、匿名でタレコミしたのも、神足が全ての罪を徐に被せようとしたのなら合点がいく」

「神足と行動をともにしている矢口の立ち位置は何なんでしょうね」

「神足の口車に乗せられているとしか思えん」

「神足が徐に罪を被せようとしているのは、彼が真犯人だからだと考えているんですか」

「それが一番濃厚だが、そうじゃない可能性もある」

「真犯人でもないのに、連続殺人の犯人に仕立て上げるというのは理解に苦しみます」

葛城は心底不思議そうな顔をする。これが葛城のもう一つの特質だ。捜査一課に配属されて数年、人間の醜悪さや残忍さをたっぷりと目撃しているはずなのに、決して性善説を手放そうとしない。

「このあいだまでは徐個人との確執を考えていたんだが、それ以外にも思いつく動機がある。例えば差別だ。〈ニシムラ加工〉には多くの外国人が技能実習生として働いている。日本人従業員と彼らの間には賃金その他就業条件に格差が生まれている」

「格差があるのは分かります。でも条件が劣悪なのは外国人の方ですよね」

「調べてみると、日本人従業員だって高所得という訳じゃない。底辺とまでは言わないが、経済的には虐げられている層だ。だから鬱憤晴らしに、より弱い立場の技能実習生である徐をシリアルキラーに仕立て上げようとしている」

葛城は困惑している様子だった。

「外国人差別が根っこにある可能性は否定しませんが……つまり神足が真犯人であってもなくても、徐に罪を着せようとしているという解釈ですよね。じゃあ神足をそんなに疑う理由は何なんですか。篠崎真須美が殺害された二十三日夜のアリバイは相手の女性も証言してくれましたよ」

神足と喫茶店で会っていたのは同社検査部に籍を置く別宮紗穂里という女だった。神足には告げなかったものの、篠崎真須美の死亡推定時刻は二十三日の午後九時から十一時にかけて。葛城はこの女と会い、更に寮の同階に住む者の証言を得てアリバイの裏を取ってきたばかりだ。

「別宮紗穂里が口裏を合わせていない保証はどこにもない。家族の証言が当てにならないのと同様、交際相手には十全の信用が置けない」

「交際相手かあ」

　葛城は半信半疑の体で小首を傾げる。

「別宮さんと話した印象なんですけど友達以上恋人未満という感じで、それほど深い間柄には思えなかったんですよ」

「それは現在進行形で、恋人とよろしくやっているヤツの観察眼か」

「茶化さないでください」

　葛城はむきになって抗議する。たまに弄ってやると子供のような反応を示す。我ながら悪趣味だと思うが、面白いのだから仕方がない。

「別宮紗穂里の証言が当てにならないとして、殊更に神足を疑う理由は何なんですか」

　問われて宮藤はいったん押し黙る。免許センターから取り寄せた神足友哉の資料に添付されていた免許証の写し。そこに写っていた写真は神足とは似ても似つかぬ顔だった。とどのつまり自分が神足に不信感を抱く理由はその一点に尽きる。

　目の前の葛城は子供のような目で宮藤の返事を待っている。二人で組んでいる以上、変に隠し立てしても捜査の障害になるだけだ。

「実はな」

　免許証の件を打ち明けられた葛城は興味津々の表情から信じられないといった顔に変わり、説明が終わる頃にはまた興味深げにしている。

「今まで僕に黙っていた理由を、まず教えてください」

「言いそびれていた」

「そんな重要なことをですか」

「最初に〈ニシムラ加工〉の寮で顔を合わせてからずっと神足のことが頭にあった。だが確たる証拠がある訳じゃない。何となく怪しいという、言ってみりゃただの勘だ。そんな勘に付き合わせた挙句に空振りで終わったら」

「空振りで終わったら何ですか。コンビを組んでいる僕に迷惑がかかるとでもいうんですか」

「空振りした分、真犯人から遠ざかることになるんだぞ」

「逆にジャストミートだったら万々歳でしょう。どうしてそういうポジティヴな思考にならないんですか」

　葛城はこちらを責めるふりをして鼓舞する。みえみえの態度だが、不思議にこの男がすると嫌みに感じない。

「免許証に写っていた人間と神足はまるで別人だ。お前はどう考える」

「すぐに思いつくのは整形ですよね。顔の形が変わるほどの大怪我を負ったとか、何かの理由で全く別の顔になりたかったとか。だけど通常の整形というのは精々二重瞼（まぶた）にするとか頬骨を削る程度で、全く別人になるなんてよっぽどの理由がないと割に合わないですよね。知り合いにも事情を説明しなきゃいけないないし、第一手術の費用だって高額のはずです」

「その通りだ。顔の作りを一切合切変えちまうなんて数百万かかる手術だと聞いたことがある」

「神足友哉が高所得だった時期は見当たりません。従って彼が高額の手術代を払えたとは考え難い。結論として整形手術の線は希薄です」

どちらかといえば勘で動く宮藤に対して、葛城は一つずつ論理を積み上げていく。最初コンビを組むように命令された時には体のいいトレーナー役を押し付けられたように腐ったものだが、今にして思えばバランスを考えた組み合わせだったのかもしれない。

「整形じゃなかったとしたら」

「別人と考えるしかありません。免許センターに保管されていた資料が偽造とも思えませんから、我々が相手にしている人物は神足友哉を名乗る何者かですよ」

「じゃあ、どうして神足友哉の名前を騙っている」

「本名では都合が悪いからでしょうね。言い換えれば、本名で都合の悪くなるような過去があるからです」

「俺もそう思う。ヤツには隠したい前歴がある」

「だから神足を疑っているんですね。それ、勘じゃなくて立派な推理じゃないですか」

「証拠がないのは推理と呼ばん。ただの当て推量だ」

「前歴があるのなら、ウチのデータベースにリストが残っているはずです」

「照合するのは俺も考えた。だがデータベースには何万と前科者が登録されている。顔と年格好くらいしか分からないから何日もパソコンの前に縛られる。その間に新たな被害者が出たら、目も当てられない」

「せめて神足の指紋が採取できればいいんですけどね」

「本人の承諾のない指紋採取は、いざとなった時に証拠として採用されん。知ってるだろ」

「本人に尋問したらどうですか。こちらには免許証の写しという動かぬ証拠もあります」

「別人であるのを認めたところで精々身分詐称にしかならん。別件逮捕するにしても四件の殺人について何らかの物証がなけりゃ否認か黙秘されて終いだ」

うーんと呻きながら葛城は頭を掻く。

「すると篠崎真須美の事件で別宮紗穂里がアリバイを証言したのは痛いですね。警察がいくら怪しいと感じても、検察官は第三者からの証言と見做すでしょうし」

「あの矢口という同僚が共犯だとしたらどうだ」

宮藤はわざと可能性の低い仮定を提示してみる。葛城に検討させると問題点や実効性が改めて浮き彫りになるので、最近よく使う手法になった。

「犯罪態様は猟奇的な連続殺人です。おいそれと片棒を担げるような犯罪じゃありませんよ。神足に弱みを握られて脅迫されているのならともかく」

「しかしな。仮に篠崎真須美のケースだけは共犯者の犯行というのなら辻褄が合うんだ」

「何の辻褄ですか」

「死体が解体されなかったことへの違和感さ。他の三人はバラバラにされているのに、篠崎真須美だけはまるで慌てたように側溝に突っ込んだだけだ。隠したように見えるが、あっという間に露見する」

「発見されても構わないってことですか」

「あるいは死体処理に慣れていない。そもそも殺人に慣れていないから処理に慌てる」

「確かに最初の犯行ではそういう傾向になるでしょうね。ただ……」

「何だ」

「神足を尾行している最中、何度か矢口と話している場面を目撃したんですが、脅されているという雰囲気じゃありませんでした。どちらかといえば進んで協力しているように見えたんです」

経験上、葛城の人間観察は的を射たものが多い。相対する者の警戒感を解いて無防備にしてしまうせいか、その人となりを初対面で摑んでしまう。およそ刑事らしくない風貌と兼ね合わせて得難い能力だった。

「第一印象に引き摺られるのは問題だが、脅迫されて嫌々手伝わされているのなら態度にも出るはずだな」

「篠崎真須美の件は模倣犯の仕業じゃありませんか。これだけ犯行態様が違ってしまったら、同一犯で括るには少し無理があります」

「それは捜査会議でも持ち出され、管理官が否定しただろう」

篠崎真須美の死体が発見された当初から模倣犯の可能性は指摘されていた。蒲田を中心とした女性連続殺人事件。何者かが騒ぎに便乗して殺人を決行したというのは、いかにもありそうな話だ。

だが、その指摘に対する村瀬の反論はこうだった。

一つの殺人事件でも現場周辺には多くの捜査員と報道関係者が集まる。周辺住民も厳重な警戒をする。それが三度も重なり蒲田は厳戒態勢に近い状態に置かれている。そんな中で第三者が模倣を試みるのはリスクが高過ぎる——理屈の上ではその通りであり、喩（たと）えるなら群れなす猫の中にハト一羽が迷い込むようなものだ。少しでも我が身が可愛い犯罪者なら、決してそんな危険な賭けはしない。捜査員一同も納得した次第だった。

もちろん篠崎真須美個別の交友関係と事件前後の行動も怠りなく調べられた。

篠崎真須美は二十三日まで〈ニシムラ加工〉に出勤し、当日は午後七時二十六分に退社している。彼女は一人暮らしであり、借上げ社宅の管理人によれば帰宅時間はまちまちだったという。そして彼女は帰宅しないまま、二十七日の早朝に死体で発見される。

死体の後頭部には裂傷が残り、司法解剖の結果、この一撃が脳挫傷を引き起こしていたことが判明した。創口(きずぐち)にはコンクリートが微量に残存しており、凶器はコンクリートブロックの類ではないかと推測された。

篠崎真須美の交友関係は広範囲に亘(わた)った。会社の同僚は言うに及ばず、所属するフィットネスクラブの会員、LINEで薄く繫がった友人たち、加えて現在も続く学生時代の友人。だが、多数の捜査員を動員しても彼ら彼女らから有益な情報は遂に得られなかった。会社を出た午後七時二十六分以降、篠崎真須美と交信した者は皆無だったのだ。

「決して他人に恨まれる女性ではなかったようですね」

葛城は他班捜査員からの覚えもめでたく、捜査会議で発表される情報の詳細も入手していた。

「〈ニシムラ加工〉検査部に配属されて六年目。後輩の面倒見はいいし職場の不満を吸い上げて経営陣への提案を怠らない。技能実習生たちの劣悪な就労状況にも公然と苦言を呈していたようです」

「なかなか俠気(おとこぎ)のあるお嬢さんだったんだな」

「従って職場での評判は上々でした。友人たちの間では姉御肌で通っており、やっぱり敵は少ないみたいですね」

怨恨も物盗りの線もなし。篠崎真須美が解体されていないにも拘わらず一連のシリアルキラーの犠牲者と目されたのも、一つには動機が見当たらなかったからだ。

「捜査会議では、シリアルキラーに動機を求めても無駄という管理官の意見が他を圧したな。お前はどう思う」

「『我々はシリアルキラーの心理を完全には理解できない』、でしたね。全面的に肯定はしませんけど、確かにそういう側面はあると思います」

葛城は慎重に言葉を選んでいるように見えた。

「僕たちが扱う強行犯の動機は大抵がカネか欲か憎悪です。だから犯人の絞り込み方はその三つのどれかを重点的に押さえていきます。三つの動機は目に見えて分かりやすいからです。ところが異常心理に由来する動機はかたちに現れにくく、分かりにくいですよね」

実際、捜査会議の席上では犯人をシリアルキラーと推定する空気が支配した。被害者個別のプロファイールに基づく鑑取りは行われるものの、捜査の焦点は異常犯罪者のプロファイリングに傾いている。

村瀬が今後の捜査方針として挙げたのは次の三つだった。

・蒲田地区を中心として、過去に女性を襲った犯罪歴を持つ者のアリバイ調べ。
・同様に蒲田地区を中心として、犬や猫などの小動物が解体されたような事件の確認。
・同様に蒲田地区を中心として、過去に問題を起こした精神疾患患者の洗い出し。

　人権派を標榜する弁護士が聞けば眉を顰める話だろうが、捜査方針としては的確だ。精神疾患に特効薬や病巣摘出手術は存在しないと言われている。言い換えればその多くは寛解と再発を繰り返し、表面上は安定していても小康状態を保っているだけの話だ。従って、必ずしも同じ犯行を繰り返すとは限らないが、過去に異常な行動を示した者を警戒し捜査するという方針は、社会通念上はともかく犯罪捜査の上ではそれなりの実効性があった。

　村瀬の指示で捜査員の一部が精神科の病院に遣られ、また一部は市井にひっそりと暮らす前科のある者の許に走らされた。捜査員に痛くもない腹を探られる側は堪ったものではないと同情するが、探る側のこちらも心中穏やかではない。

「全面的には肯定しないと言ったな。つまり犯人がシリアルキラーであっても理解できる部分はあるという意味か」

「シリアルキラーにはシリアルキラーなりの嗜好があると思うんです。ただ暗がりで一人歩きの女性を見掛けたから襲った訳じゃなく、何らかの法則性があるんじゃないでしょうか」

異常性に内在する法則性という言説には頷ける。宮藤が過去に扱ってきた猟奇的な事件でも、犠牲者の選び方には犯人なりの法則が存在したのだ。

宮藤は四人の被害者について各々のプロフィールを検めてみる。四人とも住まいは大田区内。全員女性。年齢は二十代前半から三十代半ばまで——。

どうにもすっきりと整理できないので、捜査資料を繰り四人の顔を並べてみた。

「こうして見ると、特に美人揃いということもないな」

宮藤は平然とセクハラめいた言葉を口にする。犯罪捜査に美醜の問題が絡むのは特段珍しい話ではない。時折女性捜査員から冷ややかな視線を浴びることもあるが、人死にを巡る話にモラルを持ち込まれても鼻白むだけではないか。

一方、葛城の方はどこか戸惑い気味に四人の顔写真を見比べる。

「確かにファッション雑誌に出るような人たちではありませんね」

「片倉詠美と東良優乃は長髪、国部潤子と篠崎真須美はショート。長身は篠崎真須美だけであとの三人は低い。いったい、この四人のどこに法則性があるんだ」

「ですね。こうして四人のプロフィールを見比べても共通点が一つも見当たりません」

葛城は顔写真を見比べていたが、やがて諦めたように溜息を吐いた。

しばらくの沈黙の後、葛城はぽつりと洩らした。

「でも宮藤さん。犯人は、別にこの顔写真を見て獲物を定めた訳でもないんですよね」

「どういう意味だ」

「犯人と顔を合わせた時、四人とも写真とは別の服装だったと思うんですが」

今まで眠っていた意識が不意に呼び覚まされる。

犯人の側に立って考える——本来なら捜査の基本なのだが、相手がシリアルキラーという思い込みに邪魔されて考えるに至らなかった。

「被害者が失踪した時点での服装を挙げてみろ」

「片倉詠美はオフショルダーのブラウス、国部潤子はキャミソール、東良優乃が柄物のシャツ、最後に篠崎真須美がタンクトップ。連日の暑さですからね。みんな薄着です」

「東良優乃は柄物のシャツだが、ボタンはどこまで掛けていたんだ」

「ボタン、ですか」

妙なことを訊く、という顔をしながら葛城は捜査資料を繰る。東良の両親が行方不明者届を出した際はもっと詳細な情報を申告しているはずだった。

「ボタンの掛け具合までは言及されてませんね。ただ東良優乃が消息を絶った八月十五日は都内でも三十八度を記録した猛暑でした。上のボタンの一つや二つは外していて当然だったと思います」

「その仮定が正しかったら、四人に共通点が見出せる」

「薄着というのは条件が広過ぎて意味がありません」

「ただ薄着というんじゃない。胸元だ。タンクトップもキャミソールも胸元が開いている」

葛城は返答に窮しているようだった。

「相手に劣情を催させるような格好をしていたから狙われた。そういう解釈ですか」

「とも限らん。被害者たちのスリーサイズを調べてくれ」

葛城はますます困惑顔になる。

「そんな顔をするな。問題は四人のプロポーションなんだ。肉感的なのか、それとも華奢なのか。案外その辺りが、犯人が食指を動かした要因かもしれない」

「犯人の趣味・嗜好ということなら理解できそうです」

「シリアルキラーだろうが何だろうが好き嫌いはあるだろうからな」

頷くや否や、葛城は刑事部屋を飛び出していった。四人のスリーサイズを調べるためにどこへ向かったのかは分からないものの、葛城なら正確な数値を携えて戻るのが容易に予想できた。

2

「やっぱり犯人の嗜好は何か別の要因なんでしょうか」

翌日、報告に現れた葛城の顔には「成果なし」と書かれていた。

「国部潤子と篠崎真須美には行きつけのランジェリーショップがあったのでスリーサイズを確認できました。片倉詠美と東良優乃についてはご遺族の協力で、衣類を見せてもらいました」

「ほう。服を見ただけでスリーサイズが分かるのか」

からかうつもりはなかったが、葛城はわずかに赤面した。

「そういうことに詳しい人から教えてもらいました」

おそらく現在付き合っている彼女からだろう。冷やかしても馬鹿らしいので、それ以上は追及しなかった。

「四人の体格はばらばらです。スリーサイズを比較してもグラマラスだったりスレンダーだったりで、まるで統一されていません」

「お前のその、協力者は何も共通点を見つけられなかったのか」

「四人は収入にも相違があります。一番稼いでいた国部潤子は高級な服を取り揃えていましたし、逆に篠崎真須美は量販店のものしか身に着けなかったようです。OL・水商売・検査員。職業の違いからか、四人のファッションセンスもまるで一致するものが見出せないと言ってました」

正直、ファッションセンス云々は宮藤にもよく分からない。往来を歩く人間を漫然と眺めたり訊き込みで相対する者の着衣を観察したりしても、センスがいいのか悪いのかあまり判然としない。

「それじゃあ、いったい何が犯人の興味を惹いたというんだ」

期待していた成果が得られず、つい苛立ちを覚える。自分のせいでもないのに、葛城は申し訳なさそうに俯き加減になっている。

気まずい沈黙が降りてきた時、宮藤のデスクで電話が鳴った。受話器を取り上げると内線だった。

『小松川署の生活安全課から宮藤さんに連絡が入っています』

そうか、と思わず声が出た。電話を切ったタイミングで葛城に事情を説明する。

「所轄の生活安全課に頼んでおいたんだ。神足友哉という人物に心当たりがあるのなら一報してくれとな」

「どうして生活安全課なんですか」

「俺たちが相手をしている神足友哉が偽者なら、当然本物の神足友哉も存在しているはずだ。しかも住民票は偽者の神足友哉が異動させている。言い換えれば、本物の神足友哉は少なくともここ数年住民票の異動や取得・閲覧が必要ない生活をしていることになる。申請したら自分の与り知らない住所に転居していることが一発でバレるんだからな」

「税金の通知書が届かなくなったら、普通は変に思いますからね」

「本物の神足友哉は仕事もせず、定まった住まいもない。それなら遅かれ早かれどこかの生活安全課で世話になる」

「それで見つかったんですね。宮藤さんの読みがぴたりと当たったじゃないですか」

「いや、外れた点もある。本物の神足友哉は死体で発見された」


二人が荒川の河川敷に到着すると、既に検視が終わった後だった。

「小松川署の尾形(おがた)です」

一報をくれた尾形が二人を迎える。

「宮藤です。ご連絡ありがとうございました。早速ですが」

心得た様子で尾形は二人を現場に誘う。ブルーシートのテントが軒を連ねる端に警官たちの姿が見える。近づくと彼らが囲む中に男の死体が横たわっていた。

ずいぶんとみすぼらしい死体だった。蓬髪で髭も伸び放題、着衣を剝ぎ取った上半身はあばらが浮き出ており肉がごっそりと削げ落ちている。加えて腹は大きく窪み、ここしばらくは碌な食生活を送ってこなかったことが容易に想像できる。死後数日経過しているからか、それともこの男本来の体臭なのか、饐(す)えた臭いが鼻を突いた。

「自分のテントの中で冷たくなっているのを、隣のホームレスが発見しました」

「死因は何だったんですか」

「見た通りの栄養失調ですよ。外傷は擦過傷一つなく、ここ数日はテントから出ているのを見掛けなかったということなので、その間に衰弱したんでしょうね」

「栄養失調に見せかけた謀殺の可能性はありませんか」

「検視官の話では、その徴候は見当たらないと。司法解剖に回しますか」

検視官が事件性なしと判断した以上、宮藤がしゃしゃり出ても仕方がない。

「どうしてこの男が神足友哉だと分かりましたか」

尋ねられると、尾形は免許証を差し出した。宮藤も見覚えのある神足友哉の免許証だった。免許センターから送られてきた写しは交付直後のものだったからまだ綺麗だったが、目の前の現物は白い部分が少なく、手垢と経年による褪色で焦げ茶色になっていた。

「本人の身分を示すものはこれだけでした」

薄々予想はついていた。おそらく住基カードの類は偽者の手中にあるに違いない。

改めて写真と目の前に横たわる本人を見比べてみる。交付日より十数年が経過しているといっても、ここまで面変わりするのは驚きだった。まだ三十代にも拘わらず本人は後期高齢者のように老い、そしてやせ衰えている。貧しさと絶望は人をここまで蝕むのだと教えられる。

「第一発見者と話はできますか」

尾形はすぐに発見者と引き合わせてくれた。こちらはこざっぱりとした身なりの男で、テント暮らしさえしていなければホームレスには見えない。

「久野(くの)といいます」

「遺体を発見した時の状況を詳しく教えてください」

「詳しくといっても大した話はできないなあ」

久野は面倒臭げに首筋を掻いた。

「一応隣に住んでいたけど、あまり言葉も交わさなかったし」

「あまり仲がよくなかったんですか」

「いや。こういうところに住んでいる連中はさ、いくら隣人だからって他人に興味を持てないんだって。自分にだって興味を持ってほしくないしさ」

久野の言葉は抵抗なく受け取れる。世捨て人という言い方は雅(みやび)に過ぎるが、社会のセーフティーネットからこぼれ落ちた人間なら、なかなか新たな人間関係を作りたいとは思わないだろう。

「それでもさ、一週間もテントの中に籠っていたら人並みに心配するよ。今は夏だしね」

「夏がどうして関係あるんですか」

「おっと、これは俺たちテント暮らしだけでなくて年寄り連中にも共通するかな。あのさ、一人暮らしの人間がおっ死ぬのは夏と冬に集中しているのさ。人間って体力が落ちると暑さ寒さには途端に弱くなるみたいだな。で、大丈夫かしらと思ってテントの中を覗いてみたら、すっかり冷たくなってたって寸法」

「誰か他の人間がテントに侵入した気配はありませんでしたか」

「あの人は一緒に呑む相手もいなかったからね。それに言っちゃ悪いけど……」

久野が言い淀んだので先を促した。

「どうぞ」

「こういう身分で他人の身なりをとやかく言うのは目くそ鼻くそなんだけど、コーさんはどこに出しても恥ずかしくないようなホームレスの格好してるからさ。やっぱり親しくするのは躊躇するよ」

「コーさんと呼ばれてたんですね」

「本名が神足だというのを、お巡りさんから聞いて初めて知ったくらいさ。俺がここに落ち着く前からそう呼ばれていたみたいだし」

「自分からそう呼ぶように注文してたんですかね」

「別の住人から聞いた話だけど構わないかな」

「教えてもらえれば助かります」

「一度本人に本名を尋ねたことがあったんだってさ。そしたらコーさん、義理があるからもう本名は使えないし使う気もないって言ったらしい」

「義理というのは何なんですかね」

「売ったんだって。自分の名前ごと戸籍を売ったんだと。だから自分は名無しのまま生活して、名無しのまま死んでいくんだって」

思わず葛城と顔を見合わせた。偽者が大手を振って〈神足友哉〉として社会生活を送っている事情が、これで解明されたのだ。

「考えてみれば律儀な話だよな。いくら戸籍を売ったところで、河川敷で使う分には支障ないはずなのにさ。まっ、それがコーさんらしいっちゃらしいんだけど」

久野の言葉に違和感を覚えた。あまり言葉を交わさなかったと言う割には神足友哉のひととなりを知っている。

柔らかに問い詰めると、久野は悪戯を見つかった子供のような顔をした。

「……あんまり根掘り葉掘り詮索されたくないんだよ。コーさんだって、このまま静かに葬られたいはずだ。できたら誰にも世話をかけずに消えちまいたいと思っていたはずだ」

「そんなに自分を嫌っていましたか」

「自分を大切にする人間だったら戸籍なんか売らないだろ」

「でも、免許証は肌身離さず持っていた」

免許証を突き出されると、久野は辛そうに神足の顔写真を見つめた。

「たった一つの証だったからじゃないのか。自分が神足友哉という人間で、昔はクルマを運転していたっていう。コーさんみたいに割り切った人間でもさ、何かしら思い出は必要なんだよ。人なんて、つまるところ思い出の塊だからな」

捜査本部に戻る車中、宮藤はずっと口を閉ざしていた。何かと気の回る葛城が放っておくはずもなかった。

「神足友哉の死について何か不審な点がありましたか」

「ない」

我ながら素っ気ない返事だと思ったが、実際に不審な点が見当たらないのだから仕方がない。

「外傷がない上にあの有様だ。何も食わなかったら毒を盛るまでもない。検視官の見立てはきっと間違っちゃいない」

「でも機嫌が悪そうに見えます」

機嫌が悪いのも当然だ。

宮藤は憤っていた。

神足友哉がどのような経過でホームレスに身を落としたのか詳細は不明だ。生きるためには色々なものをカネに換えてきたに違いない。労力・服・家財道具・電化製品・プライド。そして最後に残るのが己の存在証明だ。

戸籍と名前を売ってしまえば、もうその人間には何もない。社会的には存在しないのだから死んでも誰も気にしない。

いったい戸籍と名前を売り渡した時、神足友哉の胸には何が去来したのか。想像するだけでうそ寒くなる。

一方で、窮乏の果てに売るものを失った男の前にカネをぶら下げ、戸籍と名前を売り渡すように持ち掛けた人間が憎らしい。おそらく前科者だろうが、人の足元を見て他人の人生を売り買いしようとする性根が我慢ならない。

「聞いてもらっていいですか」

葛城はおずおずと切り出した。

「何だ」

「実は僕なりに徐を調べてみたんです。神足が徐を犯人呼ばわりするのに、何か特別の理由があるんじゃないかと思って」

「どうやって調べたんだ。徐は同じ中国人従業員ともつるんでいない。それは訊き込みで承知しているだろう」

「ええ、だから彼が日本に来る以前について調べたんです」

初耳だったので少し驚いた。

「すみません。ちゃんと報告できるかたちになったら話そうと思ってたんです」

葛城を責める訳にもいかない。宮藤自身、ネタを見つけてもその場では葛城に教えないことが多々ある。

「どうやって調べた」

「入国管理局に確認してみました。パスポートに記載されている事項だけですけど」

「よく教えてくれたな」

「入管の審査官に伝手のある先輩を知ってまして」

この場合、先輩というのは捜査一課にいる誰かのことだろう。具体的な名前を言わないところから、桐島班の人間でないのは間違いない。

「話せ」

「徐浩然は河南省の出身で、来日の目的はあくまでも技能実習。厳密な意味での就労目的ではありません」

「そりゃ、そう申告するに決まってる。技能実習生なんて表向き、受け入れる会社側にしてみればとびきり安価な労働力というのは公然の秘密みたいなものだ」

「だから実習期間中に行方を晦ます外国人が後を絶たない。もちろん帰国する訳じゃなく、不法就労者として居続けるんですが、入管にしてみれば折角の入国チェックもザルみたいなものです。それで就学目的であっても、審査官が聞き取り調査をするようになったらしいんです。まだ明文化してませんけどね」

聞き取り調査という単語に耳が反応した。

「つまり個別の事情も聴取していたってことか」

「もし実習先から逃亡しても手掛かりを得られるようにとの思惑でしょうね。入管としても公表できることじゃありませんけど」

「続けろ」

「実家は小売業を営んでいて、浩然は次男坊らしいんです。件の入国審査官によれば河南省と次男坊という二つのキーワードで大方の背景が呑み込めたそうです」

キーワードだけで背景が類推できるというのは、次の事情によるものだ。

河南省というのはつい最近まで中国政府が貧困県に指定していた地域が多い省だ。二〇一七年にリストから除外されたものの、低所得者層の生活に大きな変化はない。

一方で次男坊というのも物憂げな単語だった。これも二〇一六年に撤廃されたものの、中国政府は長らく一人っ子政策を実施してきた。この一見特異な政策の肝は、出生率の抑制とともに、二人目を出産した場合に徴収される社会扶養費という名目の罰金制度にある。こんな政策を続けていればやがて少子高齢化を招くのは自明の理であるにも拘わらず制度が継続したのは、黙っていても税収が見込めるので地方政府が放置していたからに他ならない。

ただし罰金を払える家庭はまだいい。問題は二人目を出産しても罰金を支払う経済的余力のない家庭であり、当然のことながら二人目以降の子供は戸籍にも載せられない〈黒孩子（ヘイハイツ）〉になり、教育も社会保障も受けられない。政府統計によれば、こうした子供たちは千三百万人。実態はもっと多いだろう。

「徐浩然はこの黒孩子なんです。実際はそこに居るのに、戸籍上は存在していないことになっている。故郷での生活は困難でしょうし迫害も受けるでしょう」

実在しているのに戸籍上は存在していない人間。

何ということだ。それでは死んだ神足友哉と同じではないか。

「日本に新天地を求めて……いや、きっと逃げてきたのかもしれんな。その辺りの事情、〈ニシムラ加工〉の経営陣や従業員は知っているのかな」

「多くの外国人を技能実習生として受け入れている会社です」

「背景を知った上での受け入れなら、最初から弱みに付け込んで安価な労働力と見做していたことになる。知らなかったのなら、あまりに経営陣の頭がお花畑だったことになる。どちらにしても碌な話じゃない」

「そうした境遇はイジメの要因になりやすいです」

「神足が徐を犯人に仕立て上げようとしているのは、それも一因だという解釈か」

「そうは思いたくないです」

葛城は切なそうに頭を振る。

「じゃあ、どうして俺に教えた」

「捜査情報は共有されるべきです」

それきり葛城は黙り込んでしまった。

宮藤は胸の裡で感情を抑え込もうとするが、先刻目にした神足の死に顔が邪魔をした。

捜査に予断は禁物だが、こうしている間にも偽者の神足に対する疑惑が濃厚になっていくのを押し留めることができない。

不意に死んだ神足の顔が徐に重なった。

故郷で存在を許されず、言葉の通じない国に追いやられて、そこでも身に憶えのない迫害を受ける。それが真実なら徐は加害者どころか被害者ではないか。

神足友哉を名乗るあの男に対して、むらむらと嫌悪感が湧き起こってきた。

「あの偽者の仮面を剝がす」

宮藤が静かに宣言すると、案の定葛城は憂いの目を向けてきた。

「本人の承諾が得られない指紋採取は法廷で証拠と見做されないと、宮藤さんが言ったんですよ」

「法廷で採用されるかどうかは検察側の問題だ。今はとにかくあの野郎の正体を明らかにする。それで捜査が進展すればよし、しなくても身分詐称の事実を晒すことができる。死んだ方の神足にも何某かの供養にはなるだろう」

3

もう八月も終わりだというのに、相変わらずの猛暑が続いている。外でたっぷり汗を掻き、作業場では更に滝のような汗を流す。一日で体内水分の半分以上が汗になって排出されるような気がする。一日の作業の終わり、神足は身体中をからからにして作業場から這うようにして出てくる。

「お疲れ」

背後から矢口が追いつき、肩を叩く。疲労困憊になった神足が不注意でミスを犯さないよう、ずっと監視しているのだ。

「今日はやめといた方がいいんじゃないのか。彼女の警護」

気遣って言ってくれているのは承知している。更衣室でのろのろと着替えをしながら、矢口の言葉に甘えるべきかどうか思案に暮れる。

紗穂里の警護を続けているが、あの夜の一件を境に徐はぱったりと姿を見せなくなった。理由は明白で、紗穂里には神足と矢口の警護があるのを知ってしまったからだ。おまけに会社で神足は刑事に纏わりつかれている。紗穂里に纏わりついている男には刑事が纏わりついており、刑事に近づきたいと思うシリアルキラーなど存在しない。

　そう考えてみると宮藤が自分に執着しているのは悪いことではなく、むしろ紗穂里にとっては安全保障のようなものではないかと思えてくる。怪我の功名とはまさにこのことだ。

　ただし安全保障のためには自分が絶えず目の届く距離にいる必要がある。少しくらいならと警護を怠り、その結果紗穂里が犠牲になったら、神足は一生自分を許せなくなるだろう。

「いや、今日もします。こういうのは続けないと意味がないんで」

　着替えを終えてロッカーを閉めた途端、軽い眩暈を覚えた。

　不意に平衡感覚がなくなり、ぐらりと身体が傾く。

「おいっ」

　倒れる寸前、矢口が支えてくれたお蔭で事なきを得た。

「……すみません」

「すみませんじゃないぞ、全く。ふらついたの、これで何度目だ」

「ホント、すみません」

「あーっ、くどいからもう謝るな」

矢口は叱りながらも神足を静かに座らせる。床に腰を下ろすと、次第に感覚が戻ってきた。

「連日仕事でへとへとになった後に、彼女の警護をしてるんだ。体力は消耗するし神経だって磨り減る。お前はえらい無理をしてるんだって」

「矢口さんだって僕に付き合ってくれてるじゃないですか。それなのに矢口さんはぴんぴんしている。僕がひ弱なだけですよ」

「体力が落ちてる時は思考もネガティヴになるってのは本当なんだな。あのな、どれだけ身体を酷使しようと、俺たちの歳なら飯食って風呂入ってぐっすり寝たら大抵は回復するんだ。だけど、お前ときたらほとんど寝てないんだろ」

隣室にはシリアルキラーが住んでいるのだ。いつ襲われるかもしれないというのに、安眠できる訳がない。

「悪いことは言わん。一日くらいは早く帰ってぐっすり寝ろ。寮の部屋じゃ無理だってんならネカフェに泊まれ」

「僕が彼女に張りついているから徐も手を出しづらいんです。今、僕がいっときでも彼女から離れたら」

「だったら、これ以上ない名案がある」

矢口はくいと口角を上げる。

からだ。

「彼女の部屋でもホテルでもいい。別宮と同じ部屋に泊まれ」

唐突な提案だが驚きはしなかった。矢口ならいつか口にしそうな話だと覚悟していたからだ。

「何なら同じベッドで寝るのもいい。まあ、そうなると余計に疲れるかもしれんが」

「久しぶりに出ましたね、親父ギャグ。嫌いじゃないです」

「こういうのは好きか嫌いかじゃない」

「じゃあ何なんですか」

「好きか大好きかだ」

ひどく真面目くさって言うので、少しだけ噴いた。

「なあ。別宮の方はそれでも構わないって言うと思うぞ」

「すみません。前のことがあるんで、なかなか踏み切れないんです」

我ながら愚かしいと思うが、気が進まないものは仕方がない。紗穂里との距離を縮めようとすると、瑠依の怯えた顔が脳裏に甦って全身が金縛りに遭ったようになる。きっとこれがトラウマというものなのだろう。

「純情というかヘタレというか……どっちにしろ、このままじゃ別宮を護りきる前にお前が過労と寝不足で死ぬぞ。人間、五日飯を食わなくても死なないが、五日眠らなかったら死ぬんだぞ」

連日の寝不足で疲労困憊となっている身には説得力のある言葉だった。

「徐の獲物は若い女なんだよな」

「今までの例はそうですね」

「じゃあ別宮が狙われてる以上、少なくともお前がすぐに殺される惧れはないんだよな」

「……まあ」

「要は隣が気になって寝られないんだろ。それなら腹いっぱい食べて酒呑んで無理やり寝ちまえ」

「僕は酒に弱いって言ったじゃないですか。無理したってなかなか呑めるもんじゃないんです」

「誰かと差し向かいで、食べながらだったら呑めるだろ。俺が付き合ってやる」

矢口はそう言い放つと、神足の腕を掴んで強引に引っ張り上げた。

「でも、それじゃあ彼女の安全が」

「だから別宮も連れて呑みに行くんだよ」

いったん強引になった矢口は、もう神足の力では止められない。疲労がピークにきているのも手伝って、神足は半ば拉致されるように矢口についていく。

検査部を訪れるとちょうど紗穂里も退社するところで、矢口が誘うと二つ返事で応じた。

「焼肉なんてどうだ」

食べたいのと食べてもいいのとは事情が違ってくる。たとえ肉を食べたい時でも、着ているものに匂いがつくという理由で焼肉店を避ける女子も多いはずだ。

ところが紗穂里はこれも二つ返事であっさり同意した。

「いいね、焼肉。精力つけないとね」

紗穂里がこちらを一瞥して言ったのは、神足の健康を気遣ってのことなのだろうと勝手に解釈した。

焼肉といっても三人の給料で行ける店は限られている。お馴染みの工場裏の飲食店の並びに、少し値段設定の高い店がある。普段は給料日にしか縁のない店だが、今日くらいは奮発しようという矢口の意見がまかり通った。

ほとんどの工場は今が給料日の直前なので、予想通り客の入りはよくない。テーブルの半分は空いたままだ。

「乾杯っ」

矢口の発声で呑み会が始まったものの、客がまばらなせいか盛り上がりに欠ける。歓談の声が大きくなるのは周囲の喧騒に負けまいとするからだ。それに神足や矢口はTシャツにジーンズというラフな格好だが、紗穂里は一番上までボタンをかけた薄手のシャツで、どうにもちぐはぐな三人組になっている。そもそも紗穂里は普段から鎖骨も見せないようなきちんとした格好をしていて、飛散した脂で壁の色が変わっているような店には全く似つかわしくない。

神足と矢口が隣り合わせ、反対側に紗穂里が座る。考えてみれば三人で同じテーブルを囲むのはこれが初めてだった。

最初の生ビールを一気に呑み干して、矢口はつきだしのオイキムチを齧り始める。

「かーっ、旨いっ」

ビール一杯とキュウリでこんなにも幸せな顔になれるのは一種の才能だろう。小ジョッキのビールをちびちびと舐めている神足には羨ましい限りだった。

紗穂里はと見れば、悠々としたペースで矢口と同じく大ジョッキを空けにかかっている。本人の口から強いと聞いたことはないが、呑み方はまさしく酒豪のそれだ。二人に囲まれると神足は肩身が狭い。

「やっぱり元気の源は肉だよな。麺や野菜じゃ力が出ない」

「炭水化物に含まれる糖質と肉に含まれる脂質の違いよね」

「食い物を成分で語ってくれるな。味が分からなくなる」

ようやくミノやらタンやらが運ばれ、テーブルの上は香ばしい匂いが立ち込める。排煙フードのお蔭で思いのほか煙たくはないが、脂が微細な粒子となって飛散しているのは確実だった。

「別宮って結構イケるクチだったんだな」

「自分がウワバミだって吹聴するような女は嫌われる」

「嫌われたっていいじゃないか。別に会社の人間と仲良くしなきゃならん理由はないぞ」

「そういうのは普段から人間関係が円滑だから言えるのよ。女同士の付き合いって色々と面倒臭いの」

矢口は紗穂里を軽く睨んだ。

「俺からすれば、お前たち二人の間も面倒臭く見えるんだが」

危うく神足は口に含んだばかりのビールで噎せそうになる。

今、この席でそれを言うのか。

「神足がへろへろになっているのは見たら分かるよな。連日の警護と寝不足で、作業中も危なっかしくて見ちゃいられない」

「護ってくれるのは有難いけど、それで神足くんが倒れたら元も子もないよね」

「俺もそう思う。ところが当の本人はそう思ってない。一日でも警護を怠ったら、その日のうちに別宮が殺されるらしい」

紗穂里は難しい顔でジョッキを呷る。

「狙われてる本人の前でやめてよ」

「根がさつなもんだからな。少しは大目に見ろ。で、こいつは今、使命感で自分の寿命を縮めつつある。ひと晩かふた晩、死んだように眠りゃあいいんだが、生憎隣の部屋ではシリアルキラーが包丁を研いでいる。おちおち目も瞑ってられない。それで俺は別宮の警護と神足の熟睡の両方を満たす提案をした訳さ」

「……どんな提案なのか、大体の見当がつく」

「って言うか、付き合っていて未だにそういうことがないというのに驚いた。今日び高校生のカップルでもそれ以上進んでるぞ」

矢口の話を遮ろうとする前に、紗穂里が返してきた。

「当事者たちにそういうこと言う？」

「当事者以外に言っても意味ないだろ。それに二人のプライベート云々より、今は神足の体力が保つかどうかが問題だ。とっとと寝ちまえ」

すると紗穂里はこちらに視線を移した。物憂げな目は神足の優柔不断を責めているようにも、二人の事情を第三者に話すなと怒っているようにも見える。

「あの」

思い出したように口を開くと、噛みそうになった。

「何か話が変な方向にいってます。今重要なのは僕が睡眠時間を確保することじゃなくて、徐の身柄を確保することでしょう」

「それでお前が潰れちまったら元も子もないだろうが」

矢口が勢い任せに追加のジョッキを呷る。

「大体、警察も警察なんだよな。折角、善良な市民が情報提供してるのに本腰入れて調べようとしない」

「情報提供って、匿名の通報のこと?」

「ああ。怪しいなんてもんじゃない。神足は徐が死体の一部を運んでいる現場まで目撃している。それなのに警察ときたら、匿名の通報は信憑性に欠けるとか、物的証拠がないままで家宅捜索はできないとか、しち面倒な理屈ばかり捏ね回して碌にあいつを調べもしない。それどころか、別宮を警護していた俺たちに疑いの目を向ける始末だ。話にならねえよ。お姉さあん、生追加――」

「実際、ちょっとショックなのよ。あ、わたしも追加お願いします」

紗穂里は相変わらず自分のペースでジョッキを空けていく。

「あの徐という人、悪い人じゃないと思ってたのに。すごく裏切られた気分」

「何だ、前から知ってたのかよ」

「技能実習生として入ってきた時、日本語を覚えようとして休み時間でも日本語学習のテキストを読んでいたのよ。あんまり熱心だったから、しばらく個人的に教えてたの。もちろん休み時間だけだったけど」

「恩を仇で返したって訳か。ますますひでえ話だな」

「勉強している時の態度は本当に真面目で、ちょっと感動したくらいだったのに……わたしの中で技能実習生の印象がよくなったきっかけだったたんだけどね」

「やっぱり警察が無能過ぎるっ」

三杯目のジョッキを空にして、矢口はテーブルに叩きつける。

「こっちは毎月の給料から有無を言わさず税金を天引きされてるんだぜ。ったく、あいつら税金泥棒ときたら」

酔いが回ってきたのか矢口の声がひときわ大きくなる。少し声を抑えろと注意しようとした時、三人の真横から聞き慣れない声が飛んできた。

「いやあ、未だ事件解決に至らずご迷惑をお掛けしてます。でも少しだけ弁解を許していただけるなら、僕たちもごっそり税金を天引きされてるんですよ」

ひょいと突き出された顔はまるでお人よしを具現化したような作りだった。童顔であるのも手伝って、神足よりもずいぶん若く見える。怒ったりふざけたりという表情を想像し難い顔だ。

「あら、葛城さん。どうして」

紗穂里が意外そうに男を見た。

「この人知ってるのかよ、別宮」

「警視庁捜査一課の葛城さん。真須美ちゃんの事件を担当している刑事さん」

では宮藤と同じ捜査本部の人間だ。

だが、それにしては宮藤と真逆のような人間に見える。単に仏顔・悪人顔という区別ではなく、信じているものが違う気がする。

「今の話、ずっと盗み聞きしてたの。葛城さん」

「盗み聞きとは、それこそ人聞きが悪い。あんな大声で話していたら店の端にいても聞こえてしまいますよ」

「でも、どうしてこの店に」

「警察官だって人並みに腹は減ります」

葛城が指す方向に顔を向けると、窓際のテーブルに一人前の皿とジョッキが置いてあった。

「外食が多いのも皆さんと一緒です。近くを通りかかったら、食欲をそそる匂いが漂ってきたもので。ただ、一人で焼肉突くのが寂しかったんですよ。相席、いいですか」

三人がまだ何も答えないうちに葛城は自分のテーブルに取って返し、皿とジョッキを持ってきた。

「やっぱりこういうのは大勢で食べた方が美味しいです。お疲れ様でしたっ」

葛城がジョッキを掲げると、他の三人もつられてジョッキを持ち上げる。どうにも警戒心を解除されるというか、毒気を抜かれるというか、刑事とは思えない。

「先ほどご高説をお聞きして身の縮む思いでした。ですがこれも弁解を許していただければ、今回の大田区周辺における連続殺人は今や全国から注視を浴びている重大事件です。とかく外部からはご批判を受けますけど、だからこそ慎重に対応する必要があるんです」

「物的証拠が必要だって言うんでしょ。そんなもの、徐の部屋を家宅捜索したら一発で出てきますって」

「令状取るのにもそれなりの説得力が要るんですよ」

悪気はなさそうだが、このセリフにはかちんときた。

「物的証拠がなくても宮藤さんは僕を疑っているようですけど」

「気にしない方がいいですよ。あの人が疑っているのは神足さんだけじゃありませんから」

「僕を見る目つきが、犯罪者を見る目つきみたいでした」

「あの人は、事件関係者は全員同じ目で見ますよ」

「本当ですか」

「差別が大嫌いな人間なんです」

「葛城さんはどうなんですか。僕のことを疑ってますか」

「えっと。少なくとも死体をバラバラに切り刻むような人が仲間と焼肉食べるというのは想像し難いですね」

あっけらかんと言われるので突っかかるタイミングを逸した。つくづく平和な刑事だと思った。

「さっきからの皆さんの会話を聞いた限りでは、神足さんの逮捕令状を取る気にはなれませんね」

「一応、お礼言っておきます」

「ただし感心できない点もあります。別宮さんが危険に晒されているのでしたら、最寄りの警察署に相談してほしかったですね。民間人の方が勝手に自衛手段を採るのは賢明とは言えません」

しかつめらしい話をにこやかに語られるので反感も起こらない。

「何だか葛城さんて、刑事というよりも中学・高校の先生みたいですね」

「よく言われます。仕事の選択を間違えただろうって。僕は警察官も教師も似たようなものだと思っているんですけどね」

「僕には、とても似たような職業には思えないんですけど」

「両方とも、護る職業じゃないですか。警察官は国民の生命と財産を、そして教師は生徒たちを」

何を綺麗ごとをと思ったが、葛城の目を覗いたら何も言えなくなった。

以前のストーカー犯罪で嫌というほど警察官を見てきた。皆、職務に忠実な警察官だったのだろうが、例外なく倦み飽きた目をしていた。ちょうど宮藤のように。

ところが葛城は彼らと違って、まるで子供のような目をしている。

「国民の生命と財産を護るなんて大口叩いておいて、未だにシリアルキラーを逮捕できないのは、本当に情けない限りなんですけどね。でも何とか事件を解決したい気持ちは皆さん以上にあります。それは信じてください」

三人とも気圧されたように頷く。不思議に葛城の言葉は抵抗なく胸の底に下りてくる。

「改めて皆さんには捜査協力をお願いします。別宮さんのためとはいえ、どうぞ自分たちで犯行現場を押さえようなんて考えないでください。それで二次被害にでも遭ったらどうするんですか」

いやこっちは男二人だしと矢口が返すと、葛城は目つきを険しくした。

「犯人はもう四人も殺害しているんですよ。拳銃も手錠も持っていない一般市民が立ち向かっていい相手じゃありません」

葛城はとことん刑事らしさを感じさせない男で、それ以降話すことはどれも世間話の域を出なかった。神足もいつしかすっかり馴染んでしまい、気がつけば葛城を巻き込むようになっていた。

「あのう。お客様、そろそろ」

給仕の女性がテーブルにやってきた時には、開始から既に三時間が経過していた。慌てた様子で矢口が立ち上がる。

「じゃあ刑事さん、俺たち引き揚げますんで」

「僕はもう少し粘っていきます。皆さんの分は出しておきますから」

「え。いいんですか」

「さっき言ってたじゃないですか、税金泥棒って。年末調整とでも思ってください。刑事として有意義な話も聞けましたしね」

「葛城さん、話せるなー。じゃっ、ご馳走になります」

いい具合に酔いの回った矢口はおどけて敬礼すると、二人の腕を摑んで店の外に出る。

「矢口さん、そんなに急がなくても」

「そうよ。わたしなんて、ちゃんとお礼も言ってないのに」

「二人揃って甘ちゃんだな、お前ら」

店外に出た矢口は何故か素面に戻っていた。

「ひょっとして酔っぱらったふりをしてたんですか」

「確かにらしくないが、あんなんでも宮藤と同じ刑事だ。ちっとは警戒しろ」

「警戒って、向こうもぐいぐい呑んでたじゃないですか」

「お前、気づいてなかったのか。あいつが呑んでいたのはノンアルコールビールだぞ」

思わず声が出そうになった。

「偶然同じ店に入ったとか言ってたけど、どこまでホントなんだか分かったもんじゃない」

「あの朴訥さが演技だったら大したものです」

「演技じゃなくても大したもんだよ。宮藤とは別の意味で刑事の適性ありありだ」

「でも、途中からはほとんど世間話だったじゃないですか」

「お前が事件のことで突っかかるから、こっちは冷や汗ものだった。ほとんど世間話になったのは俺がそっち方面に話を振ったからだよ」

会話を反芻してみると、確かにそんな記憶がある。つまり酒席の水面下では矢口と葛城の心理戦が繰り広げられていたというのか。

「まあ、刑事に喋ってまずいことは三人とも口にしなかったからよかったんだが……チクショウ、おちおち酔えもしなかった。寮に帰ったら呑み直しだ」

「僕でよかったら付き合います」

「呑めないやつに付き合ってもらいたかない。お前は別宮をマンションまで送ってやれ。それが当面の任務なんだろ」

「あの、矢口さんは同行してくれないんですか」

「カップルに付き合ってられるほど暇じゃねえっつうの。じゃあな」

矢口は背中を向けたまま、手を振って去ってしまった。

後には置いてけぼりにされたかたちの二人が残っていた。

ねえ、と紗穂里が話し掛けてきた。

「寝不足なんでしょ。わたしの部屋なら朝まで安眠できると思うんだけど」

女性に深く関わる怯えは疲労と酔いで麻痺していた。神足は誘われるまま、紗穂里のマンションについていった。

紗穂里の部屋はよく片付いていた。ファンシーグッズの類こそ見当たらないが、カーテンや敷物は適度に華やかで、男臭い寮のそれとは比べるべくもない。

「早く寝たいんでしょ。お風呂、先に入って」

浴室は掃除が行き届いている。床に紗穂里のものらしい髪が一本だけ落ちているのを発見して、不意に胸がざわついた。酔いだけはすっかり醒め、今自分が紗穂里の部屋にいることを実感する。

バスタオルにさえ紗穂里のつけている香水の匂いが仄(ほの)かに残っている。疲れていても体内に熾った牡(おす)の本能を滾らせる。

「先に寝てていいよ。ベッドが狭いのは勘弁してよ」

言い残して紗穂里は浴室へと消えていく。

疲れると無意味に男性機能が働くというのは本当で、神足は下半身の昂ぶりに我ながら呆れる。睡魔と性欲が同時に襲い掛かり、どちらに身を委ねていいものか困惑する。

やがて脱衣所からドライヤーの音が聞こえてきた。単調な音と肌触りのいいシーツがより睡魔を誘う。

湯上がりの紗穂里はまるで誘蛾灯のようだった。薄手のパジャマと石鹸の香り。今しがたまで神足を縛っていた睡魔がたちどころに雲散霧消する。

「わたしも疲れちゃった」

紗穂里はそう言いながら神足の横に身体を滑り込ませてきた。ただしこちらには背を向けたままだ。

ほんの少し身体をずらせば彼女に触れられる。だが神足はその一瞬を躊躇していた。

改めて考えると神足は紗穂里の何も知らないのだ。

「どうかしたの」

「いや……今更だけど、僕は君のことを何も知らないなって」

「毎日のように顔突き合わせているじゃない。性格もこんなんだって知ってるでしょ」

だが、それだけだ。

「前の職場で今と似たような仕事をしていたのも教えたでしょ」

しかし転職の理由までは聞いていない。

紗穂里がどこで生まれたのか。

両親はどんな人間で未だ健在なのか。

過去にどんな男と付き合っていたのか。

「わたし、昔のことなんてどうでもいいと思ってる。友哉のことも訊いたことないよね」

まるで胸の裡を見透かされているようで、どきりとした。

そうだ、紗穂里は神足の過去を一度として尋ねたことがなかった。それがどんなに有難く、そして怖かったことか。

こうして同じベッドに潜っていても、神足は自分の過去を打ち明ける気になれない。それなのに紗穂里の過去を訊き出すのは卑怯な行為に思えてくる。

「あのさ、友哉」

背中を向けたままでも、声が湿り気を帯びているのが分かる。

「寝たいのならぐっすり寝て。したいのならしてもいい。その代わり後ろからして。あんまり前、見られたくない」

「どうして」

「胸、自信ないんだ」

「……分かった」

紗穂里の手がリモコンに伸びると照明が消えた。

薄暗がりの中、神足は紗穂里のパジャマを慌しく剝いでいく。次第に闇に慣れつつある目に紗穂里の裸身が浮かぶ。

白くて華奢な背中だった。

4

捜査本部に泊まりがけになると、所轄が弁当を用意してくれる。ただし間違っても叙々苑(じょじょえん)や銀座松濤(ぎんざしょうとう)ではなく、近所で仕入れたと思しきコンビニ弁当だ。

宮藤が弁当を突いていると、刑事部屋に葛城が帰還してきた。

「戻りました」

「おう、お疲れさん」

葛城が通り過ぎる際、焼肉の匂いが漂った。

「いい匂いさせてるな、おい」

「仕方ないじゃないですか、連中の入った店がそういう店だったんですから。第一、彼らと同席しろと指示したのは宮藤さんでしょう」

「獲物はちゃんと持ち帰ってきたんだろうな」

「三人の指紋がべっとり付着したジョッキ、今しがた鑑識に預けてきました」

「神足友哉の分だけじゃなかったのか」

「折角なので」

ジョッキに付着した指紋は、当然本人の承諾を得ていないから法廷では証拠と見做されない。しかし神足の正体を暴くには有効だ。犯行現場や死体から採取された不明指紋の中に彼の指紋が含まれていたら、それで任意出頭させられる。取り調べの段階で自白したら、改めて指紋を採取すればいい。

「彼らはどんな話をしていた」

「捜査本部が未だに犯人を逮捕できないのは、自分たちの通報を真剣に受け取ってないからだ、と。後は例の如く税金泥棒が云々」

「そんな話をしている最中によく割り込めたな」

「そういう話の最中だからですよ。悪口言っている最中に当の本人が現れたら、気まずくて相席求められても拒否し難いでしょう」

「へえ、その辺はちゃんと考えて行動しているんだな。お前は全くの天然だと思っていた」

「失礼だなあ」

「するとその後の話は世間話に終始か」

「矢口さんが必死に軌道修正しようとしていましたからね。ぐいぐい呑んでメートル上がっているふりをしていたけど、ずっと素面でしたよ」

矢口が何かにつけ神足の世話を焼いているのは、すぐに分かった。矢口の面倒見がいいのか、神足が同性の母性本能をくすぐるのか、恐らく両方だろう。もちろん二人が事件の共犯関係にあるから神足の行動に介入している可能性も捨てきれない。

「お前の心証はどうだった」

「客はまばらとはいえ、店の中です。犯人たちが顔を突き合わせて事件の話をするというのは考え難いですね」

「あくまで世間話と思わせるように、きわどい部分はセーブしていたのかもな」

「それにしても、わざわざ衆目のある場所で持ち出す話題じゃありませんよ」

「別宮紗穂里が狙われている形跡がある」

宮藤はマンションのエントランスで紗穂里と交わした会話を思い出す。同じマンションに住む篠崎真須美について訊き込みをしたが、その時も紗穂里は二人に尾行されているようだった。

紗穂里は目に見えて怯えていた。何か心配ごとや不審者を見掛けたら、最寄りの警察署に駆け込むようにと勧告もした。

「下手に警戒されたら仕事がやり辛くなる。いっときでも相手を安心させるために呑み会を設けたという見方もできる」

「可能性ゼロとは言いませんけど、ずいぶん回りくどいですね」

「お前はシリアルキラーの気持ちが理解できるのか」

「理解はしたいですね。共感するのは真っ平ですけど」

隣のデスクに座り、葛城は腹に手をやる。

「少し呑み過ぎたかな」

「おい。勤務中だぞ」

「大丈夫ですよ、ノンアルコールでしたから。もっとも矢口さんにはバレバレだったみたいでした」

「徐の話も出たのか」

「ええ、彼が〈ニシムラ加工〉に来た時のエピソード」

葛城の話によると、来日した当初は異国の言葉を習得するのに苦労し、その手助けをしたのが紗穂里だったという。

「恩を仇で返したって、矢口さん憤慨していましたね」

「当の別宮紗穂里はどう思ったのかな」

「裏切られた気分だと言ってました。徐のために貴重な休み時間を潰した彼女なら当然の感想でしょう」

　言葉の端々に徐への嫌悪が感じられた。

「葛城は徐に同情していたんじゃないのか。黒孩子として扱われて故郷でも楽な生活はできなかったんじゃないのか」

「同情と疑念はまた別です」

「何か摑んだのか」

「今日になって例の入国審査官から仕入れた情報なんですが、中国の地方都市で嫌な事件があったらしいんです」

「らしいというのはどういう意味だ」

「大がかりなテロや要人の暗殺ならこちらにもニュースが入ってきます。だけどいち地方都市の事件が世界に発信されるなんてそうそうないでしょう。しかも事件が発生したとされるのは、未だに隠蔽体質が根強く残っているあの国です。ただし入管には、そういう各国の小さな事件も入ってきます」

「国外逃亡あるいは密輸絡み、か」

「ええ、各国と刑事共助条約を結んでいますからね。中国もその例外じゃありません」

「話せ」

「えっと。いいんですか。食事中に相応しい話じゃありませんよ」

「焼肉屋でバラバラ殺人の話をする一般市民に負けてたまるか」

「大人げないですよ」

「いいから話せ」

「場所は河南省鶴壁市の郁村という集落です。農業主体ですが特産物はなし。言ってみれば中国の地方都市に顕著な貧困集落です。この村で、一昨年の二月から三月にかけて三人の女性が殺害されたんです。いずれも二十代から四十代の女性で、郁村の住民でした」

「田舎の連続殺人か」

「問題は被害者三人の死体がバラバラに解体されていた事実です」

思わず箸が止まった。

「ある日突然家に戻らなくなり、家族や周辺住人が捜してみると、畑の脇やゴミ集積場で身体の一部が見つかる。決して全てのパーツが揃うことはなく、肝心の頭部が見つからないので、なかなか被害者の特定に結びつかない」

「おい。それって」

宮藤が話の腰を折りかけたが、葛城は止まらない。

「被害者が特定できない上に、地方警察の悲しさで捜査能力も低い。無駄に被疑者を逮捕しては空振り。そうこうするうちに第二第三の事件が発生して、いよいよ捜査は後手に回る」

「どこかで聞いたような話だな」

「結局、有力な手掛かりも被疑者も得られず、未だに事件は解決に至っていません。そしてこの話の嫌な部分はここからなんですが、中国当局はこの事件を隠蔽にかかったようなんです」

「入管にもか」

「犯人が国外逃亡する惧れもあるのに、以後は追加情報をシャットアウトしてしまったということです。理由として推測できるのは、一つにお国柄です。社会主義国家では連続殺人など発生するはずがないという前提ですから」

「くだらん。そんなものは、もう有名無実の妄言だと世界中の人間が知っている」

「理由のもう一つは、残虐極まりない重大事件にも拘わらず捜査に何の進展もない地方警察の体たらくを隠しておきたいからです」

「お前が嫌な話だと言う理由が分かったよ。だが、その事件と徐浩然とどんな関連がある。バラバラ事件の犯行態様が大田区のそれに酷似しているのは認めるが」

「徐はその郁村の出身でした」

「何だと」

「来日したのは、三件目の殺人事件が明らかになった直後のことです」

ここに至って葛城が徐を怪しみ始めた理由が納得できた。

「渡航してきたシリアルキラー、か。なるほど嫌な話だ」

「可能性は否定できません。せめてあっちの捜査当局と連携が取れたらいいんですけど」

「お国の事情でそれも無理か」

口惜しそうな葛城とともに、宮藤も内心で歯噛みする。個人の問題に体制やら国家やらが立ちはだかるのは珍しい話ではないが、せめて自分たちが担当する事件は邪魔をしないでくれと思う。

「通訳を連れて現地に飛びたい気分です」

「たとえ申請しても却下だろうな。まだ被疑者とも言えない外国人を探るのに、捜査本部から渡航費用が出る訳がない」

「ですよね」

葛城は諦め顔でゆるゆると首を振る。

「何か突破口でも見つかるといいんですけど」

ところが、その突破口は存外に早く姿を現した。

翌朝、仮眠室から出てきた宮藤は廊下を歩いている最中、葛城に捕まった。

「ヒットしましたよ、宮藤さん。神足の指紋が前歴者の一人に該当しました」

この場合の神足とは、ホームレスの神足から戸籍を買い取った偽者のことだ。

「五條美樹久、今から六年前にストーカー規制法違反と傷害罪で五年の懲役を食らっています」

確認の有無を問おうとしたが、その前に葛城はプリントアウトした顔写真を差し出した。

「逮捕当時の五條です」

宮藤はその写真に見入る。

六年も経てば過ごしてきた環境で人相も変わる。肉付きも違えば目つきが別人のようになる場合もある。

だがそこに写し出されたのは、紛うかたなく〈ニシムラ加工〉に勤め、神足友哉を名乗る男の顔だった。

「どう思う」

「間違いありません。昨夜、小ジョッキのビールをちびちび呑っていた人物です」

「それにしてもストーカー規制法違反と傷害罪とはな」

「当時部下だった島田瑠依という女性に一方的に好意を寄せ、ストーカー行為の果てに彼女の自宅に押し掛けて暴行、駆けつけた巡査に現行犯逮捕されています」

「刑務所に収監されて犯罪傾向が沈静化するヤツもいれば、出所した途端に再犯やらかして刑務所に逆戻りするヤツもいる。果たしてあいつはどっちなんだろうな」

問いかけてはみたが、宮藤の考えは決まっている。五條の出所時期と神足友哉が〈ニシムラ加工〉に就職した時期は案外近い。これは出所した五條が時を措かずして神足友哉の戸籍を買い取ったことを意味している。

出所して日も浅いうちから他人の戸籍を奪っているのだ。どうせ碌な人間ではない。

「マエがストーカー規制法違反と傷害罪なら、その延長線上に殺人が発生しても不思議じゃない。もちろん予断は禁物だが」

だが自分で口にしておきながら、宮藤は予断に搦め捕られつつある。過去に対峙してきた凶悪犯の半分が累犯者だったという事実が、偏見を確信にすり替えようとしている。まずい思考回路に入っている——さすがに自制が利いて、宮藤は思い込みを頭の隅に追いやった。

「四年で仮釈放された後は再犯の記録もなく、現住所は保護司宅となっています」

「出所後は保護司の世話になっているはずだからな」

「ええ。三反園という保護司が五條の担当になっていますね」

「確認取ってこい。それから出所後の五條の行動を逐一知りたい」

「徐の方はどうしますか」

宮藤は面には出さずに悩む。昨夜の段階では出身地に纏わる事件から徐に疑いを向けたが、偽者の素性が明らかになると五條も疑わざるを得ない。

「突破口が開いたのはいいですけど、ますます増員が必要になってしまいましたね」

「構わない」

既に桐島を説得する文言は頭の中で作っている。後は令状を取れるだけの証拠を掻き集められるかどうかに懸かっている。

「宮藤さん」

ふと葛城が思い出したように振り返った。

「どうして五條は他人の戸籍を欲しがったんでしょうね」

「前科を知られたくなかった。新しい生活を手に入れたかった。まあ、そんなところだろう」

「思うんですけどね。五條も徐も似た者同士じゃないかって」

自分では死んだ神足友哉と徐を重ね合わせていたので、興味をそそられた。

「他人の身分を買って過去の自分から逃げた五條美樹久。元から戸籍上の身分を持たず、新しい生活を求めて日本にやってきた徐浩然。何だか二人は鏡に映った同じ人間のような気がするんです」

五　汝の隣人を愛せよ

1

その朝、神足は紗穂里よりも先に彼女のマンションを出た。

今日も朝からうだるような暑さで、通勤の列もいつもと変わりない。紗穂里と一夜をともにした後でも周囲の風景が劇的に変化する訳ではなく、今日は昨日の繰り返しであり明日は今日の反復でしかない。

それでも神足は気持ちを新たにしていた。今までも紗穂里のことは気懸かりだったが、昨夜を境に自分よりも大切な存在となったからだ。

後ろから抱き締めた華奢な身体を、両腕が憶えている。シャンプーの香りを残した髪の匂いを、鼻が憶えている。

彼女を不幸にしたくない。彼女を徐の獲物にしてはならない。

だからこそ、余計に自分の前歴を知られたくなかった。元はストーカーで、その上懲役を食らっていたなどと知れば、いくら紗穂里でも神足から去っていくに決まっている。同性である矢口とは感じ方がまるで違う。

所詮、男と女は犬と猫だ。分かり合っているようで分かり合えず、理解しているようでとんだ誤解をしている。それはストーカー事件で身に沁みている。紗穂里の優しさや寛大さに期待して全てを打ち明けたとしても、神足の誠意が実を結ぶ保証はどこにもない。紗穂里が好意を持ってくれているのは〈ニシムラ加工〉従業員の神足友哉であって、断じてストーカー犯罪者の五條美樹久ではないのだ。

やはり警察に相談することに躊躇する。警察の捜査はプライバシーなどお構いなしだから、捜査協力を申し出ただけでも前歴を暴かれるだろう。宮藤の口から紗穂里に洩れれば一巻の終わりだ。自分と矢口が紗穂里を護るしかない。

工場に向かう途中、街頭に立っている男女が目に入った。三人目の犠牲者となった東良優乃の両親が通行人にビラを配っているのだ。死体の一部が発見されたにも拘わらず、何故また街頭に立っているのだろうと気になった。

近づくにつれて東良夫婦の表情が明瞭になってきた。二人は一様に悲痛な面持ちで、通りゆく者たちにビラを差し出している。

「娘を、東良優乃を捜しています」

「この近くで見かけた人はいませんか」

「ご協力をお願いします」

叫んでいる内容はあまり変わらないが、とにかく表情が悲愴なので見ていて痛々しくなる。無視して通り過ぎようとも思ったが、吸い寄せられるように二人に近づいてしまう。

「お願いします」

ビラを受け取る際、母親と目が合った。

「訊いてもいいですか」

脳からの命令ではなく、咄嗟に口から出た。

「何でしょうか」

「娘さん……優乃さんのニュースを見ました。腕が……見つかったんですよね」

口にした瞬間、無神経な言い方だと気づいた。だが母親はさして気にする風でもない。

「はい。でも、わたしたちはちっとも諦めてないんです」

決然とした口調に、はっとした。

「両腕を失って、さぞ痛くて辛い思いをしているんでしょう。だから一刻も早く見つけ出してあげたいんです」

背筋がぞくりとした。

まさか両腕を切断された状態で、まだ娘が生きていると考えているのか。

改めて母親の顔を覗き込んでみたが、妄想や譫言を口にしているようには見えない。では母親としての妄執が、娘は生きていると思わせているのだろうか。

「ちょっと」

横でやり取りを見ていた父親がこちらに話し掛けてきた。何やら言いたそうだったので、神足は父親の横に移動する。

「きっと不審に思われているんでしょうね」

「そんなことは……」

父親が声を潜めたので、つられて神足も小声になる。

「笑われるかもしれませんが、わたしも優乃の無事を信じています。信じていないと心が折れそうになるんですよ。家内もそうです。生きている可能性は少ないでしょうけどゼロじゃない。その可能性に縋っています」

「警察は何と言ってるんですか」

「警察は……もう四人も犠牲者を出している事件だから、優乃も当然死んだものと決めつけています。発見された腕が本人のものかどうかを確認する際、何度か悔やみの言葉を聞かされました」

瞬時に葛城の顔が脳裏に浮かぶ。もちろん被害者遺族を前にすれば宮藤も悔やみの一つくらいは口にするだろうが、気遣う様子を見せる姿はいかにも葛城のキャラクターだと感じた。

「それでも、親は信じていたいのですよ。その日の朝まで一緒にいた娘がいきなり姿を消した。懸命に捜していたら、警察から娘は死んだと聞かされる。こんな理不尽なことはありません。それを信じろという方が無理な話です」

神足は精一杯神妙な顔を作ろうとしたが、上手くいかなかった。不自然さが面に出たのだろうか、父親は少し気の毒そうにこちらを見る。

「あなた、結婚は？」

「いえ、まだ」

「それなら娘を持った親の心は分からないでしょう。いや、責めているんじゃないんです。いずれあなたにも分かる時がくる。肉親、それも自分よりも若い者を失うのがどれほど辛く恐ろしいことなのかを」

「僕は自分が家庭を持っているのをイメージできません」

二人の切ない声が呼び水になったのか、神足も思わず己の心情を吐露していた。

「人生なんて思いがけないことの連続です。結婚もそうだし、娘が生まれることも。だから、あなただって思いがけなく結婚するかもしれない。そして、自分よりも大切な人間が増えていく」

「自分よりも大切な人は……います」

「いいことです。だったら、その人を突然失うと仮定したら、今のわたしたちの気持ちも少しだけ分かってもらえるかもしれません。決して有り得ない話じゃない。現にこうしてわたしたちが辛い目に遭っている」

声が次第に湿りがちになる。ここは気休めであっても、言っておくべきだろう。

「娘さんが見つかりますよう、祈っています」

「ありがとうございます。でも……」

「でも、何ですか」

「たとえ娘が戻ってきても、わたしは一生後悔するでしょうね。こんなことになるなら、もっと門限を厳しくするべきだった。会社の都合など無視して問答無用で定時に帰らせればよかった。理解のある父親のふりをせず、遅い帰宅なんて一切認めない方がよかった。そうすれば、たとえ頑迷な父親と憎まれても娘をかどわかされることはなかった」

腹の底から絞り出すような声を聞いて、神足はようやく理解する。

母親はともかく、父親は娘の死を覚悟している。それでも街頭に立ち続けるのは、そうでもしないと自責の念で圧し潰されてしまうからだ。

「考え過ぎじゃないんですか」

「人間は災難に遭うと、どうしても要らぬことを考えてしまう。災難に直面して達観できる人間は、存外に少ないのですよ」

父親はそう言って目を伏せた。

「わたしたちが辛い目に遭っているから余計に思う。他の親御さんや、護るべき大切な存在のいる人にこんな思いはさせたくありません」

胸に刺さる言葉だった。動揺したのが恥ずかしくなり、神足は一礼して二人の許から離れる。貰ったビラは丁寧に畳んでポケットに入れた。

二人から離れても父親の言葉が頭の中で反響していた。

たとえ自分が憎まれてでも、できるだけの予防をするべきだった――それは今の神足に向けられた言葉でもある。自分は前歴を紗穂里に知られたくないばかりに、警察への協力を拒んでいる。しかし彼女の身の安全を第一に考えるのなら、警察の力に頼るべきではないのか。自分と矢口だけで彼女を護ろうとするのは、単なる言い訳に過ぎないのではないか。

それでも、やはり紗穂里を手放したくない気持ちが居座っている。

つらつら考えていると、背後から声を掛けられた。

「神足さん」

振り向くと、いつの間にかあの刑事がそこにいたので驚いた。

「葛城さん」

「昨夜はどうも」

「いや、奢ってもらったのこっちだし」

「少し、いいですか」

まだ時間には余裕がある。神足の出社時刻くらいは警察も把握しているだろうから、ここで断ったら心証を悪くするだけだ。

「五分だけなら、まあ」

「昨夜は結構、付き合ってもらいましたね。有難うございました」

「葛城さんが話しやすい相手だからですよ。他の刑事さんとじゃ、なかなかあれだけ話し込めないです」

暗に宮藤を皮肉ってみたが、葛城に通じたかどうかは分からない。

「話しやすい相手というのは嬉しい評価ですね」

「ちっとも刑事らしくないいんですよ」

「それはあまり嬉しくない評価ですね」

葛城は面目なさそうに頭を掻く。そうした仕草もこちらの警戒心を解いてしまう要因なのだが、計算した上での素振りなら大したものだと思う。

「呼び止めたのは他でもありません。昨夜話していて気になったんですが、神足さんは何か悩みごとがあるんじゃないですか」

「そんなこと言いましたか」

「悩みごとでなければ、僕にはもちろん同席していた別宮さんにも話せないことです」

「いくら同僚だからって、話せないことなんて山のようにあるでしょ、普通」

「はい。でも、話せないことで悩んでしまうような事情はそれほど多くありません。神足さんが抱えている問題はそういう性質のものではありませんか」

　生真面目な口調だから、余計にこちらの胸に迫ってくる。

「人相見みたいなことを言うんですね、葛城さん。やっぱり職業の選択を間違えましたか」

「警察官になると言った時には親戚中から反対されましたよ。でも神足さんがそう言ってくれるのなら、僕の見立ては間違いじゃないということですよね」

　揶揄（やゆ）するでも挑発するでもない。刑事というよりは担任の教師から諭されているようだった。

「事件についてならともかく、個人的な話の一切合切をお話しする必要もないでしょう」

「個人的な事情が神足さんの口を重くしているのなら、その限りじゃありません。神足さん、あなたは自分が思っているほど嘘や隠しごとが得意じゃない。僕にだって分かります。僕に分かることだったら、宮藤とか他の刑事にも分かることです」

「何も隠しごとなんて」

「あなたを精神的に追い詰めるつもりはないので端的に言います。神足友哉という氏名は元々あなたのものではありませんよね」

言われた瞬間、身体の中心を射貫かれたような衝撃を受けた。

それでも自分から打ち明ける気にはなれない。

「何を言っているのかさっぱり」

「あなたの本名は五條美樹久です」

とどめだ。

神足はがっくりと肩を落とした。

「場所を移動しませんか」

葛城の勧めで、表通りから一つ裏の通りに入る。〈ニシムラ加工〉とは通りを挟んだ反対側だから、同僚に見聞きされる心配も少ない。

短い距離だったが、移動する間に覚悟が決まった。

「葛城さんの言う通りですよ。でも、どうして分かったんですか」

「あなたには嫌な話でしょうが、一度逮捕されると警察のデータベースに記録が残るんですよ。顔も、そして指紋も」

指紋と聞いて腑に落ちた。

「昨夜の呑み会で、僕が使ったジョッキですか。それで指紋照合したんですね」

「ごめんなさい」

呆気なく葛城が頭を下げた。

「そういう目的で相席を申し出たんですね」

「否定はしませんけど、それだけじゃありません。皆さんの雑談の輪に入って、人となりを確かめておきたいという動機もありました」

「人となり。そんなんで犯人かどうかが分かるっていうんですか。馬鹿馬鹿しい。それこそ人相見と五十歩百歩じゃないですか」

「結構、使えるんですけどね。実際あの会話を聞いてから、僕は神足さんを被疑者リストに残しておくのはどうかと思いましたから」

「へえ、ストーカーの前科者を信じてくれるんですか」

「ええ、信じますよ」

あっさりと返事をされたので、却ってまごついた。

「警察の疑いってそんなに簡単に晴れるものなんですか」

「もちろん他の理由もあるんですけどね。たとえば今朝早く、僕は保護司の三反園さんに連絡を取ったんです」

記憶の襞（ひだ）を無理やり広げられた感覚。ひどく懐かしく、そして忌まわしい名前だった。

忌まわしいのはもちろん三反園のせいではなく、全ては自分に起因する。

「三反園さんは五條さんのことをはっきり憶えていましたよ」

「とても面倒見のいい保護司さんでした。何度面接で失敗しても、絶対仕事が見つかるからって応援してくれました。それなのに、僕は新しい名前を手にした途端、三反園さんの許を飛び出しましたからね。ひどい恩知らずとして憶えているでしょうね」

三反園の顔を思い出すと、胸にちくりと痛みを覚える。恩を仇で返すような結果になってしまったが、五條美樹久の記録を消し去るには早急に三反園の許を去る必要があったからだ。

「いいえ。真面目な好青年だと証言してくれました」

「嘘でしょ」

「急に仕事が決まったと、一度だけ連絡をもらった。それきり連絡がないのは、きっと仕事で忙しいんだろうと」

「……本当、ですか」

「保護司という仕事は責任感だけではやっていけません。献身と、何より元受刑者を信じる気持ちがないと無理なんでしょうね。だからという訳でもないんでしょうけど、保護司の数は年々減っています。きっと三反園さんみたいな人が少なくなっているせいかもしれませんね。その三反園さんが五條美樹久という人間は真面目な好青年だと証言してくれたのなら、信じない訳にいかないじゃないですか」

「ずいぶんと色んなことを信じるんですね。刑事さんなんて人を疑うのが商売だと思っていました」

「だから出世しません」

葛城はまた頭を掻くが、神足には彼が無能とは到底思えない。いや、人を疑うのを仕事としている集団にあって、葛城のような人間は却って特異なポジションを獲得しているのではないか。

「でも、いつから僕が神足友哉じゃないと分かったんですか。まさか捜査本部の誰かが、僕の顔を憶えていたんですか」

「免許センターから神足友哉さんのデータを取り寄せた際、免許証の写真があなたとは似ても似つかぬ顔でしたからね」

本物の神足友哉が失効した免許証を差し出したのを思い出した。やはり戸籍を売買するだけでは不充分だったのだ。

「しかし決定的だったのは、その神足友哉さんが亡くなったことです」

「何ですって」

「やっぱりご存じなかったんですね。本物の神足友哉さんは昨日、荒川の河川敷で死体となって発見されました。飢えからくる衰弱死でした」

「飢えって……あそこの河川敷には他にテントの住民もいたはずですよ。誰も助けてくれなかったんですか」

「元からホームレス同士の付き合いは希薄だったようですね。住民の一人が気づいた時には、もう手遅れでした」

在りし日の神足の姿が甦る。自分と会った時も人付き合いは苦手そうに見えた。自分に第二の人生をくれた人間が、飢えと孤独の中で死んでいった――その事実に少なからず足が竦む。神足は胸の裡で合掌した。

「だけど神足さんを被疑者リストから外した決定的な要因は、それだけではありません。さっき街頭でビラを配っていた東良さんに近づきましたよね」

やはり、ずっと監視していたのか。

「さぞかしひどい男だと思ったんじゃないですか」

服役している時分、同じ房に放火で捕まった囚人がいた。病的な放火魔で、火を点けた家屋は数軒に上ると得意げに話していた。だがその放火魔の自慢話で最もおぞましく思ったのが、放火直後の顚末だった。

『そりゃあ炎上している最中が一番のエクスタシーだよ。他人の家が燃え上がって空を焦がしているのを見ていると、射精しそうになる。でもよ、楽しみはそれだけじゃないんだ。鎮火した後で現場に行くとな、焼け落ちた家の前で家族が途方に暮れているのさ。

ああいうのを死んだ魚のような目っていうんだな。長年の苦労も水の泡、家族の思い出も何もかも全部灰になっちまった。もう絶望しかなくて、このまま放っておけば自殺確定ってな顔しててよ。そういうのを見ると、また射精しそうになるくらい背筋がぞくぞくするんだ』

放火犯は必ずといっていいほど現場に戻るらしいが、理由の一つは間違いなくこれだろう。被害者の嘆き悲しむ姿を眺めて悦に入るなど悪趣味極まりないが、その伝でいけば娘を殺された親に同情面で近づくのも似たようなものだ。

「被害者遺族が苦しがっているのを真正面から観察する。もし僕が犯人だったら、とんでもなく悪趣味な変態だ」

すると葛城は今になって気づいたという顔をした。

「そんなこと想像もしませんでしたね。あなたの仕草を見ていましたから」

「僕が、どんな仕草をしたんですか」

「奥さんから受け取ったビラを丁寧に畳んで、ポケットに収めましたよね。普通は受け取っても、読んだらすぐに捨ててしまう人がほとんどです。ビラ一枚、あんな風に大切に扱う人が被害者遺族の悲嘆を見物しにきた犯人とは到底思えません」

よく観察しているものだと、今更ながらに感心する。

「ですから神足さん、いや五條さんと呼んだ方がいいですか」

「今は、神足で通っていますから」

「あなたが隠したかったことは警察に知られています。だから別宮さんを護るのに孤軍奮闘する必要なんてありません。全ての情報をこちらに提供してください。でなきゃ、別宮さんを護れませんよ」

　潮時かもしれない。

　神足は自分に納得させるよう、無理に頷いてみせる。

「仕事が終わったら、僕を捜査本部に連れていってくれませんか。そこで証言します」

「もちろんです」

「それから、僕が警察にいる間は別宮紗穂里に護衛をつけてください。でないと不安で不安で」

「何だかほっとしました」

　葛城は破顔してそう言った。

「僕の見立てに間違いはなかったようです」

　終業後、葛城に同行されて捜査本部に向かった。事情聴取に当たった宮藤はやはり渋い顔で対応する。

「どうせなら、もう少し早く来てほしかったですね」

満面の笑みで迎えてくれるとは考えていなかったので、特に失望もしなかった。ただ、同じ刑事でありながら色んなタイプがいるものだと実感したくらいだ。

「警察に通報してきたのはやはりあなたなんですね。では、改めて目撃した内容を話してください」

神足は尾行していた徐が〈クドウ・ベアリング〉裏の廃棄槽に両腕を捨てた事実を告げる。

「いったん〈クドウ・ベアリング〉裏に捨てた両腕を〈佐々木繊維加工〉の廃棄槽に移し替えたのは、あなたの尾行に気づいたからですね」

「そうだと思います。どこで気づかれたのかは分かりませんけど」

「どんなに上手く尾行したつもりでも、所詮は素人ですよ。矢口さんと一緒に尾行していた時だって、自分たちが見張られているとは思わなかったでしょう」

突き放した言い方が癪に障るが、事実だから仕方がない。実際、彼らはプロであり、自分の気配を消す術を知っている。刑事らしくない葛城でさえ、同じ店内にいても気づかれなかったではないか。

「神足さんの仕事はメッキ加工でしたね。たとえば未経験のわたしなんかが今日、作業場に放り込まれても使える訳がない。それと一緒ですよ」

言われてみればその通りで、やはり頷くしかない。

「素性を晒して供述したくない気持ちは分かる。しかしもっと早くに教えてくれれば、少なくとも同僚の篠崎真須美さんは救えたかもしれない」

「僕たちが警護していなかったら、四人目の犠牲者は別宮さんだったかもしれない」

「彼女一人が無事なら、他の女性が犠牲になっても構わないというんですか」

「ストーカーとして付き纏っていたのは一人だけでした。護る立場になっても彼女一人だけしか護りきれません」

　宮藤はふん、と鼻を鳴らす。

「屁理屈もいいところだが、一応理屈ではある。まあ良しとしましょう。ただし供述調書を作成する際には、五條美樹久の名前で署名してもらいますからね」

「それは構いません。でも別宮さんや工場の関係者には黙っていてくれませんか」

「私文書偽造や身分詐称を見逃せというんですか。警察官である我々に向かって。本来ならば、遵守事項違反ということで、仮釈放だって取り消しですよ」

　葛城が割って入ろうとするのを片手で制し、宮藤は言葉を続ける。

「ただ我々は目下、大田区近辺の連続殺人事件を追いかけている最中なので、そういう畑違いの捜査はずいぶん後回しになるでしょう。事件に大小はないが、優先順位はある」

　遠回しだが、宮藤なりの気遣いなのだろう。神足は深く追及するのをやめた。

「これで徐の部屋を家宅捜索できるんですね」

「今からなら本人が帰宅しているかもしれませんね。おい、別宮さんの警護はどうなっている」

「ついさっき連絡がありました。無事に帰宅したとのことです」

「と、いうことです、神足さん。今日のところは安心してください。我々は家宅捜索の令状を取り次第、徐の部屋に向かいます。同行しろとは言いませんが、どのみち同じ方向です。よければ乗っていきますか」

断る理由は見当たらなかった。

宮藤たちが家宅捜索に向かうのを待つ間、矢口に連絡すると電話の向こう側で安堵したような声が流れた。

『ようやく覚悟を決めたか』

「それって、まるで時間の問題だったみたいな言い方ですね」

『ああ、時間の問題なのは分かっていた。お前が本気で別宮の身を案じるなら、最終的には警察に頼らざるを得ないからな』

「分かっているなら」

『俺が警察に行くように勧めたって、はいそうですかとはならなかっただろ。お前自身がその気にならなけりゃ無理だと思ったんだよ』

「矢口さんの手の平の上で踊らされた気分ですよ」

『結果オーライだ。これで別宮にも警察の護衛がついて安全が保障される。一番の目的が達成できるんだ』

「それでも、まだ心配です」

『……国家権力が護ってくれてもかよ』

ストーカー規制法違反で逮捕された際、警察官からは虫けらを見るような目で見られた。あの記憶が残っている限り、警察に十全の信用を置くことができない。

「とにかく徐が逮捕されるまでは、気を緩められません」

『しかし、家宅捜索したら即刻逮捕だろ。これだって時間の問題じゃないか』

矢口にそう言われても尚、神足の胸からは不安が消えない。

2

寮に向かうパトカーの中で、葛城は徐の故郷である河南省鶴壁市の村で発生した連続殺人事件の経緯を説明してくれた。日本で広く報道された事件ではないが、捜査関係事項には当たらないとのことだった。

「短期間のうちに三人の女性が連続で殺されて、しかも死体の一部しか見つかってないって、それじゃあまるで……」

「はい。まるで今度の事件とそっくりなんです」

「しかもその村の住民だった徐が、事件発覚後に日本にやってくるなんて……要は国外逃亡じゃないですか」

「もし彼が犯人だとしたら、そうなりますね」

「あっちの警察と連携もできないんですか」

「捜査協力はできても、向こうの地方警察は事件を表沙汰にしたくない態度がありありで、どうも警視庁とは波長が合わないんです」

国や社会体制が違えば犯罪に対する考え方も違うということか。職場では様々な外国人と一緒に仕事をしているのですっかり外国人慣れしているような気になっていたが、ひょっとしたら神足の勘違いだったのかもしれない。

「聞いている限りでは日本に逃げてきたとしか思えないんですけど、折角居ついた場所でまた同じ犯罪を繰り返すなんて」

「犯罪には習慣性があるのかもしれません。窃盗にしろ詐欺にしろ、一度それを実行した犯人は往々にして累犯になりますから。犯人の側にも耐性があって最初よりは二度目、二度目よりは三度目の犯罪に抵抗を覚えなくなる。どんどんハードルが下がっていくんですよ」

「元々、ハードルなんかなかったかもしれん」

二人の会話に宮藤が割り込んできた。

「犯罪にも理由が要る。殺人だったらカネか愛憎か狂気。もし徐が中国本国にいた時から連続殺人を続けているとしたらカネや愛憎はおそらく関係ない。紛れもなくシリアルキラーだ。故郷の狩場を出て、また新たな狩場で殺戮を楽しんでいる」

抑揚のない口調でも、徐に対する嫌悪が聞き取れる。

「彼の言った習慣性の話は的を射ています。刑事として長く勤めれば勤めるほど真実だと分かってきます。殺人は癖になるんだ。癖は誰かが強制的に止めさせない限り延々と続きます」

「更生する可能性はないんですか」

「ああ、あなたも以前は収監されてたんだったな。だけど正直なところどうだ。刑務所っていうのは言ってみれば悪人の巣窟だ。そんな中にいて更生できるヤツが何人いるかね。いや、あなたは別かもしれないが、再犯率を考えるとそう言いたくもなる」

「僕は……他の囚人とはあまり接触しないようにしていました」

「賢明だな。刑事が言っていいことじゃないが、いったん殺人が日常になったヤツを更生させるのはまず難しい。死刑台に送るか、死ぬまで塀の内側に閉じ込めておくしかない。シリアルキラーを逮捕する目的は更生じゃない。隔離だ」

同じ意見なのかと葛城を見るが、彼は困惑したように顔を歪めている。やはり彼は人間の良心や倫理観を信じたい警察官らしい。

神足は自身に問うてみる。

お前は本当に更生できたのか。

出所後、碌に異性と交わろうとしなかったのは、己の裡に潜むケダモノの存在を察知していたからではないのか。更生したというのは単なる思い込みで、いつまた狩猟本能と加虐の欲望に囚（とら）われるか分からないからではないのか。

考えるだに自我が危うくなる。この恐怖こそが本当の刑罰なのだろう。ただ刑務所の中で過ごすだけでなく、絶えず己を疑い続けなければならない絶望こそが足枷になっている。

ふと神足は徐に思いを馳せてみる。ストーカーとシリアルキラーの違いはあれ、裡にケダモノを飼っている点は同じだ。つまり二人は似た者同士とも言える。

徐はもう一人の自分だ。

裡なるケダモノを飼い馴らせず、逆に支配されてしまったもう一人の五條美樹久だ。

寮に近づくにつれて、心拍数が上がっていく。心音が二人の刑事に聞こえはしないかと神経質になる。

やがてパトカーは見慣れた寮の敷地に滑り込んだ。

宮藤たちの乗ったクルマ以外にも、他の刑事や鑑識を乗せたパトカーが続々と到着する。さして広くもない敷地内は警察車両で埋め尽くされる。

　現場に降り立った彼らは訓練された軍隊のような動きを見せる。いくつかの固まりになり四散したのは、徐の逃亡を防ぐためだろう。鑑識課の捜査員はワンボックスカーの中から様々な器具を運び出し、作業の準備を始めている。

「２０３号室だ」

　宮藤が徐の部屋を指差す。まだ帰っていないのか、部屋からはひと筋の光も洩れていない。

　どれだけ静かにしたところで十数名の人間と数台の車両が集まれば空気は異様になる。既に帰宅していた何人かが、ドアを開けて表の様子を確かめに出た。

「何だよ、あれ」

「警察？」

「ヤバイ。どんだけ来てるんだよ」

「誰か捕まったのかよ」

「従業員の誰かを逮捕しに来たんだよな」

　別の捜査員が宮藤に駆け寄り、敷地の周辺を全て固めた旨を報告する。到着してわずか三分の手際の良さだ。葛城は葛城で、さっさと管理人から合鍵を借りてきた。

「さて、神足さん。これから徐の部屋の家宅捜索を行うが、あなたはどうしますか。このまま自室に戻っても、あの薄い壁では我々と徐のやり取りが丸聞こえになります。逆上した徐があなたに迷惑をかけないとも限らない。一番安全なのは、事が終わるまでパトカーの中で待機するという選択肢ですがね」

「部屋に戻ります」

隣室でどんな騒ぎになっても、玄関ドアを施錠さえすればこちらに害が及ぶことはないだろう。それに薄いながらも壁が仕切ってくれているので安全地帯と言えないこともない。両者のやり取りを至近距離で窺うには最適の場所ではないか。

「じゃあ、なるべく表には出ないでくださいよ」

宮藤は釘を刺すのを忘れず、神足を送り出す。寮の住人に顔を見られたくないので、俯き加減で階段を上っていく。数メートル後ろを宮藤たちがついてくる。

神足が自室に飛び込むのと、宮藤たちが203号室の前に立つのがほぼ同時だった。

『徐さん。徐浩然さん。御在宅ですか。警察です』

壁の薄さが今日だけは有難い。部屋の中にいるだけで廊下の声が明瞭に聞こえてくる。

宮藤が二度三度とインターフォンを鳴らすが応答はない。すると、すぐに鍵穴を弄る音がした。

ドアが開かれ、宮藤たちが203号室に雪崩れ込む。会話も怒号も聞こえないので、どうやら徐は不在らしい。

家宅捜索に鑑識課を同行させるのが通常かどうか神足は知らない。しかし宮藤ないし捜査本部が徐を有力な容疑者とみているのは間違いない。

『浴室へ』

宮藤の声を合図に数人が浴室へと進む。夜な夜な気味の悪い音が聞こえてきた問題の場所だ。

『げふっ』

『な、なんだ、これ』

壁に耳を当てていると、浴室内で何人かが蠢（うごめ）いているのが分かる。早く解体の物的証拠が出ればいいと念じていると、一人が思わずといった調子で洩らした。

『ひどいな……』

何がどうひどいのか。耳からの情報だけなので、想像がたくましくなるばかりだった。

『宮藤さん、葛城さん。ちょっと』

『う』

『こりゃあ、ひどいな……本人、風呂には入ってなかったのか』

『汗を流すだけならシャワーが使えますしね』

『慣れない人間なら五分も保たないぞ』

『死体に慣れてるはずのわたしらだって、そんなには保ちませんよ』

浴室から部屋へと、また人が移動する。部屋では襖(ふすま)を開けたり布団を広げたりと本格的に捜索が始まったようだ。しかし宮藤たちが何を探し何を見つけたのか、時折捜査員同士の会話が聞こえるだけで、壁のこちら側には全くといっていいほど分からない。

ただ、耳からの情報だけでも203号室の中がひどく禍々しい有様であるのは見当がつく。おぞましさ半分、怖いもの見たさ半分で神足は複雑な気持ちになる。

三十分ほど経った頃、今度は神足の部屋のインターフォンが鳴った。

『葛城です』

ドアを開けると、顔を顰めた葛城が立っていた。彼の身体から異臭が漂っている。

「隣の様子、聞こえましたか」

「刑事さんたちの会話くらいは」

「取りあえず神足さんの嫌疑は晴れました。それを伝えにきました」

「徐が犯人だと確定したんですね」

「この期に及んでとお思いでしょうけど、そこから先は捜査情報なのでお話しできません。ただ、203号室の浴室は犯人を特定するのに有効な場所でした」

「ルミノール反応でも出ましたか」

今日びは警察官でなくてもルミノール反応の何たるかは承知している。血液は水ではなかなか洗い落とせず、ルミノールという化学薬品を使用すると血痕が青白く浮かび上がるという仕組みらしい。

「ルミノールを使う手間も要らなかったんですよ」

「え」

「血痕とかじゃなくて、そのものずばりが浴室にごろごろ転がっているんです」

「まさか、そんな」

「浴室に真っ先に入った連中こそ、まさかと思ったでしょうね。ゴミ袋に包んでドライアイスで冷やしてはいますけど、浴槽の中に無造作に投げ込まれていました。今まで死体の一部ずつしか発見できなかったのは、残りの部分を捨てていなかっただけだったんですよ」

葛城は詳細を伏せたものの、口ぶりと顔つきで現場の凄惨さが容易に想像できた。詳述されなくても、たくましくなった想像力はどれだけでも酸鼻を極める光景を思い浮かべることができる。部屋の間取りも浴室の内装も同じだから、余計に簡単だ。

猛暑の中、換気もせずに死体を放置すればどうなるか。いくらゴミ袋を密封したところで腐敗の進行は防げない。腐敗ガスが放出されれば袋はぱんぱんに膨れ上がる。そしてゴミ袋程度で完全な密封は望めないから、封の隙間から腐敗臭が洩れ出て浴室に充満する。

思わず吐きそうになった。解体作業どころか、自分は死体が転がっている隣で生活していたのだ。

「徐の行き先に心当たりはありませんか」

似合わぬ顰め面のまま、葛城は訊いてきた。

「何度か徐の尾行をしたんですよね。彼がこの時間に立ち寄りそうな場所を知りませんか」

自室から死体が見つかったのなら殺人はともかく、大手を振って死体遺棄の容疑で逮捕できる。

「寮の住人が行きつけにしているコンビニとか居酒屋なら。でも本人が店にいるところは見たことがなくて」

「外国人なら自ずと集まる場所が決まってくると思うんです。周りに憚らず、母国語で語り合いたいでしょうからね」

「徐は、そういう輪にも入らない男だったんです。同じ中国人とつるむでもなく、大抵一人でした」

束の間、葛城は神足の顔を見つめる。何かを隠していないか探るような目だった。当然だろう。素人ながら一時期は尾行までしていたのだから、多少なりとも立ち寄り先などの情報を持っていて然るべきなのに、何一つとして情報を提供できない。いったい今までどこを監視していたのかという話だ。

「終業後はどこにも立ち寄らなかったのですか」

「僕が尾行した限りでは、そういうことはありませんでした」

「逆に神足さんが監視されていたとは考えられませんか。今朝、あなたは任意での事情聴取に応じてくれましたよね。その様子を監視されていたのかもしれません」

「あいつが逃げたというんですか。浴槽に死体を放置したままで」

「逃げようと思いついたら、最低限身の回りのものだけ持てばいいですからね。捕まれば死刑かもとなれば尚更です」

「早く捜し出さないと」

「浴室に飛び込んだ時点で別働隊に連絡がいってます。今頃は周辺地域と主要道路に捜査員が投入されていますよ」

明言はしないものの、はっきりと徐を犯人と特定した物言いだった。

「河南省鶴壁市の連続殺人に徐が関わっていたとするなら、彼はとても危険な人間です。このまま野放しにすれば、きっとまた似たような事件を起こしますよ」

「その可能性は警察も考えていますよ。シリアルキラーというのは、人のかたちをした凶器みたいなものですからね」

人のかたちをした凶器というのは言い得て妙だと思った。

「２０３号室と寮の周辺にも数人の警察官が待機しています。よかったですね、神足さん。今日は久しぶりにぐっすり眠れますよ」

「……いや、安眠は無理っぽいです」

神足はゆるゆると首を振る。

「徐が逮捕されない限り、枕を高くして眠るなんてできませんよ」

「ちゃんと別宮さんにも警護をつけているんですよ。他に心配ごとでもあるんですか」

その時、葛城の胸元から携帯端末の着信音が鳴った。

「はい、葛城です」

スマートフォンを耳に当てた葛城が、表情を険しくした。

「了解しました」

こちらに向き直った顔には切迫感があった。

「神足さん。今度は別宮さんの立ち寄りそうな場所を教えてください」

「どうしたんですか」

「別宮さんがマンションから姿を消した模様です」

3

「彼女を警護してたんじゃないのか」

一報を受けた宮藤は神足の部屋に入るなり、苛立ちを隠そうとしなかった。独り言でも、まるで葛城や神足を責めているようにも聞こえる。

「文句を言いたいのはこっちの方です」

前科を持つ身で刑事に楯突こうとは思わなかったが、場合が場合なのでつい強い口調になってしまう。

「徐の部屋から決定的な証拠が出たのは捜査本部全員に情報共有されています。それで緊張が緩んでしまったのかもしれませんね」

葛城は二人の間を取り成すように言う。彼が宮藤とコンビを組んでいるのは他者との緩衝材代わりにされているからではないだろうか。

「とにかく至急別宮さんに連絡を取ってください。一刻も早く警察に保護を求めるようにと」

葛城の勧めに従ってスマートフォンを取り出し、紗穂里を呼び出す。一回、二回、三回。コール音が重なる度に心拍数が上がっていく。

五回目のコールでやっと繋がった。

「僕だ。今、どこにいる」

『助けて』

普段では決して聞くことのない、切羽詰まった声だった。

「どうしたっていうんだ」

『追われている』

紗穂里の声が洩れ、宮藤と葛城が顔色を変える。

『誰か、追ってくる。逃げてる最中』

「どこにいるんだよっ」

瞬間、神足は聴覚を集中させる。紗穂里の声の背後には、クルマの走行音と雑踏が聞こえている。だが、いずれも場所を特定できるものではない。

『走ってる最中だから、後で、かけ直すから』

「もしもし、もしもしっ」

切迫した空気を残したまま、通話は一方的に切られた。神足は思わず二人と顔を見合わせる。

「今すぐ逆探知の準備をさせる」

最初に反応したのは宮藤だった。

「彼女のケータイを呼び出し続けてください。すぐに最寄りの基地局を探し出して捜査員を差し向けます」

言うが早いか、宮藤は自分の携帯端末で事態の急変を捜査本部に報告した。部屋の前を何人もの捜査員が駆けていくのは、紗穂里の行方を追うためだろう。

「神足さん。ここが正念場です」

　葛城はこちらを正面から見据えた。

「正念場と言われても、彼女から応答がなければどうしようもない」

「でも別宮さんの位置を絞り込むことは可能です。徐の行動範囲が分からないあなたでも、別宮さんがどこに立ち寄るかはご存じでしょう」

「シリアルキラーに追われている最中なんですよ」

「だからこそです。人間は咄嗟の時になかなか普段と違う行動を取れません。逃走するにしても全く土地鑑のない場所や見知らぬ建物の中には逃げ込まないものです」

　葛城の説明は腑に落ちる。だが紗穂里の立ち寄り先を即座に思いつけるものでもない。

「別宮さんの安全があなたにかかっています」

　葛城はしれっと深刻なことを言ってのける。だが冗談や誇張を言わない男であるのは神足も承知している。

　必死に記憶を巡らせて紗穂里の行き先を考える。この界隈は同僚の日があるために一緒に歩くことが少なく、思い当たるのは通勤経路から外れた喫茶店くらいしかない。

「彼女がマンションを出て、どの方角へ消えたか分かりませんか」

　尋ねられた葛城は空しく首を横に振る。

「逃げた方向が分かっているのなら、今頃はとっくに保護しています」

道理だと思った。

「葛城さん、僕や徐の尾行をしたのなら、ここら一帯は街灯も少なくて、工場が閉まればどこもかしこも暗くなるのを知ってますよね」

「ええ。捜査本部では、それが連続殺人を容易にさせた一因という意見も出ています」

「捜査本部の全員を彼女の捜索に回せませんか」

「先ほど、宮藤が同様の要請をしていましたけど、本部が何百人と膨れ上がると、なかなか末端の具申は聞き入れられなくなります」

「彼女は徐に追われているんですよ。彼女を捜すことは徐の逮捕と同義になります」

「さっきの通話でも別宮さんは誰か、と言いました。徐を特定していた訳じゃありません。別事件の可能性もあると主張する者もいるでしょうね。組織が膨らむというのは、そういうことです」

自ら所属する組織の短所を告げる際、葛城は面目なさそうに顔を歪める。それだけで彼と警察を許してしまいそうになる。

いつのまにか姿を消していた宮藤が戻ってきた。

「追うぞ」

自分もパトカーに同乗しろというのか。いささか面食らったが、続く説明で納得した。

「逆探知と目視での捜索を同時進行で行う。あなたは彼女の立ち寄りそうな場所に我々を誘導しつつ、彼女を呼び出し続けてくれ」

「僕は一般人ですけど、捜査に参加させてくれるんですか」

「市民からの協力に感謝する」

宮藤は不機嫌そうな顔で言うと、先に部屋を出る。神足は葛城とともに後を追う。訊き込みを受けた時は執拗で生理的に好きになれなかったが、味方にするとこれほど頼りになる男もいないと思った。

葛城がハンドルを握り、神足と宮藤は後部座席に乗り込む。

「まず彼女のマンションに向かってください。どこに向かおうが、そこが始点です」

葛城は無言でアクセルを踏み込んだ。

パトカーが工場群の間を突っ切る中、神足は紗穂里の足取りを脳裏に思い浮かべる。マンションから〈ニシムラ加工〉までの通勤路は既に捜査員が投入されているはずだ。いかに街灯の少ない薄暗がりでも、マンションを始点にして捜索すれば彼らがとっくの昔に見つけているはずだ。

それが未だに発見できないということは、紗穂里が通勤とは別の経路に逃げたことを示唆している。では、それはどこなのか。〈ニシムラ加工〉を含めた工場地域は四メートル幅と六メートル幅の道路が縦横に絡み合い、探索地点が無尽に存在する。闇雲に調べていては却って時間の無駄になる。

「ケータイで別宮さんを呼び出し続けて」

言われるまでもない。スマートフォンは握りっ放しのままだった。何度も紗穂里の番号をリダイヤルして彼女を呼び出す。しかしコール音が空しく続くばかりで、何の応答もない。

「走り回っていてスマホを操作できないのかもしれません」

自分に言い聞かせるように話す。宮藤と葛城は何も答えなかった。

やがてパトカーは紗穂里のマンションに到着した。ここから本格的な捜索が開始される。

「さあ、彼女の立ち寄りそうな場所はどこですか。別宮さんならどこに逃げ込みますか」

宮藤に急かされて再度考えてみる。シリアルキラーに追われて不安に駆られる女性が普段から馴染みのある場所に逃げ込むというのは、確かに理に適っている。しかし、普段から馴染みのある場所以外で安全な領域を選択する可能性もあるのではないか。

真っ先に思いつくのは明るい場所だ。煌々（こうこう）と照らし出されたところでは犯罪も発生しにくい。人目にもつくので、いかに徐がシリアルキラーであっても犯行を思い留まるに違いない。

「表通りはどうですか。あそこなら街灯もあるし店舗の明かりで易々と彼女を襲えないはずです」

「表通りにはもう別働隊が待機している」

宮藤はやはり面白くなさそうな顔で答えた。

「いくら捜査本部がボンクラ揃いでも、それくらいの頭はある」

それでも確認しようと、宮藤は別働隊とやらに連絡を入れる。

「宮藤だ。表通りはどうだ……そうか。了解」

通話を終えるなり、こちらに顔を向けた。

「別宮さんも徐も、表通りには姿が見えないそうだ」

普段の経路にも表通りにも行っていない。シリアルキラーにつけ狙われている女が向かいそうな場所とはどこなのだ。

紗穂里がどんな女なのか、もう一度考えてみる。沈着冷静で感情に流されない。どんな時でも最良の道を選択しようと考える女だ。追っ手の裏をかくというのも紗穂里らしい。

裏をかくというのなら明るい場所ではなく、逆に暗がりへ逃げることになる。相手がシリアルキラーなら、これ以上ないほどの悪手だが、土地鑑がある方が有利な手段でもある。ただし土地鑑ということなら、〈ニシムラ加工〉に勤める徐も条件は似たようなものではないのか。

神足は表通り以外の道を指示してパトカーを誘導してみたが、紗穂里も徐も見つからない。一帯で最も暗い場所に移っても結果は同じだった。

宮藤も葛城も沈黙していた。二人の携帯端末もまた沈黙しており、消えた紗穂里と徐が発見されていないことを示している。

「まだ出ないんですか」

宮藤から再三急かされているが、こちらからの呼び出しに紗穂里は応えてくれない。よからぬ予感に襲われる。

既に紗穂里は連絡したくてもできない状態にあるのではないか。

一度思い込むと恐怖が頭を擡げてきた。鼓動が速くなり、心臓が口から飛び出そうになる。

やめてくれ。

やっと巡り合った相手なんだ。互いに意思の疎通ができる、まともなかたちの相手なんだ。

俺から盗らないでくれ。

高まる緊張で指先が震え出した時、着信があった。

紗穂里からだった。

慌てて通話ボタンを押し、相手より先に話し始める。

「もしもしっ。今どこなんだ」

『富河町（とみかわ）の交差点』

紗穂里の声もわずかに震えていた。

『歩道橋のところ。すぐに来て』

「徐はどうした」

『彼もこっちにいる』


神足の誤算は想定していた以上に紗穂里の足が速かったことだ。富河町といえば工場群から二ブロック外れた地域であり、一般住宅や小型店舗が混在する場所だった。

紗穂里の言う歩道橋はすぐに分かった。手摺り（てすり）に錆の浮き始めた代物で、ペンキの剥げ方も相当だ。

彼女は歩道橋の袂（たもと）に佇んでいた。パトカーから降りて近づくと、顔色は分からないままでも怯えているのは見てとれた。

「友哉」

紗穂里はこちらの姿を認めるなり抱き着いてきた。これも普段の振る舞いと違うので神足は面食らったが、そのまま華奢な身体を受け止めた。

「怖かった。ホントに怖かった」

「徐は」

尋ねられた紗穂里は人差し指で歩道橋の反対側を指す。その先には人のかたちをした物体が舗道の上に横たわっていた。ここから見る限りでは、徐の身体のようだ。

「後ろからずっと追いかけられて……わたしが歩道橋の上に辿り着くと、階段の途中まででやってきた彼がいきなり転落して」

紗穂里の説明を聞き終える前に、葛城が駆け出した。大胆にも道路を横切って、横たわる身体に向かう。神足も倒れているのが誰かを確認したかったが、今は紗穂里を安心させてやるのが先決だった。

「もう大丈夫」

囁(ささや)きかけると、紗穂里は無言で頷いた。

「徐の部屋から死体の一部が発見された。これで一件落着だよ」

このひと言で紗穂里の身体から力が抜けた。神足も堪らなくなり、紗穂里をきつく抱いた。

よかった、無事だった。

神様、感謝します。

「宮藤さあん」

道路の向こう側から葛城が呼んでいる。平静な口調なのは、倒れている人物が無抵抗であることの証左だった。

　次いで宮藤が道路を渡る頃には、サイレンの音が近づいてきた。知らせを受けた他の捜査員が集まってきたのだ。一台二台と到着するパトカー、降車した捜査員たちが次々に取り囲んでいく。

「やっぱり徐に追われていたのか」

「……あまり振り向かなかったし暗かったから断言できないけど」

　倒れていた身体が動く様子はなかった。歩道橋のどの地点から転落したかは定かでないが、動かないというのはそれなりのダメージを受けているのだろう。

「今更だけど怪我はしていないよね」

「ん。接触しなかったし。でも、今はアドレナリンが出まくっているから、落ち着いたら分からない」

　すぐに病院に連れていこう。そう思った時、向こう側から葛城が戻ってきた。

「やっぱり徐でした。相当強く打ったんでしょうね。頭以外にも数カ所打撲を負っているようです」

「死んだんですか」

「まだ生きていますけど、出血がひどくて虫の息ですね。さっき救急車を呼んだところです」

「ちょうどいい。彼女も連れていってください。今は昂奮状態で気づかないけど、どこか怪我をしている可能性があります」

「最初からそのつもりですよ。どのみち事情聴取する必要もありますから」

するとしばらくして、二台の救急車が到着した。いくら虫の息とはいえ、シリアルキラーと同じ救急車に同乗させられるのは勘弁してほしい。

「多分、怪我とかしてないから、早く自分の部屋に戻りたい」

救急車に乗り込む寸前、紗穂里はぐずってみせたがこれには従う訳にいかない。

彼女がぽつりぽつりと話し始めたことをまとめると、こういう経緯だった。

仕事を終えてマンションに帰った紗穂里は生理用品の替えがないことに気づいた。これればかりは手元にないと不安なので最寄りのドラッグストアに向かったところ、途中から尾行されていたのだと言う。

「同じ速さで追ってきて、こちらが立ち止まると向こうも止まるの。怖くなってドラッグストアにも寄らずに逃げ出した」

そこからは走りづめだったので生きた心地がしなかったらしい。

「連絡しようとしたんだけど、スマホ取り出す度に距離が縮まるものだから、どうしようもなくて」

「どうせなら明るい通りに出ればよかったのに」

「追われている最中は、そんなこと考えてる余裕なかった」

軽い憎まれ口の応酬で紗穂里が生きているのを実感する。付き添いに同乗した葛城の日を盗んで、神足は彼女の手を握ってやった。柔らかに握り返す力が、この上なく愛おしかった。

病院に到着すると、紗穂里はすぐに診察を受けた。神足は葛城とともに診察室の外で待つ。

「葛城さんには色々とお手数をかけてしまって」

「市民の安全を護るのが警察官の仕事ですから。それに仲睦まじいカップルを見ていると、精神安定剤の代わりになります」

「……ホントに刑事さんらしくないですね」

「でも、ちゃんと刑事の仕事をしているでしょ」

幸い紗穂里は傷一つ受けておらず、二つ三つ問診を済ませると早々に解放された。

診察が済むと、すぐに警察署での事情聴取が待っていた。聴取担当はやはり宮藤と葛城で、さすがに取調室の中までは同行が許されない。しかし聴取はものの十分で終了し、神足は取調室の中に招かれた。

「あまり聴取する内容がなかった」

「パソコン叩く方は楽でしたけどね」

顰め面の宮藤に対し、記録係の葛城はさばさばした顔つきをしていた。

「怪我とかはしていなかったみたいですね」

お蔭様で、と紗穂里は宮藤に頭を下げる。

「しかしあなたに比べて、徐の容態は大層深刻ですよ」

葛城は問われるともなしに答える。容疑者の身柄を確保したはいいが、本人が虫の息では聴取のしようがないのだろう。

「後頭部の骨折に加えて全身打撲。担当医はひと目見てＩＣＵ（集中治療室）への搬送を決めた。全身がぼろぼろだが、中でも深刻なのは頭部の打撲だ。脳挫傷を起こしていて本来なら即死でもおかしくなかったらしい」

「じゃあ、下手したら被疑者死亡のままで送検ですか」

「とりあえず本人は自分の犯行を認めたんですけどね」

訳が分からないまま、神足は紗穂里と顔を見合わせる。疑問に答えてくれたのは葛城だった。

「僕が駆け寄った時には、まだかすかに意識があったんです。それで連続殺人事件の犯人は君かと訊いたら、小さく頷きました」

「もちろんそれが即自白とは決めつけられない。動機や犯行の手口、凶器は何か、残りの死体をどこに遺棄したかも不明のままだ」

「徐の部屋の浴室に残されていたんじゃないんですか」

「あれだって全部じゃなかった。おそらく解体した後、少しずつ処理したんだろう。何しろ三人分の死体だから、全部を処分するとなると相当の手間暇がかかる」

「動機と言いましたよね。徐はシリアルキラーなんでしょう」

「シリアルキラーだから動機は不要、というのは乱暴に過ぎる。何とかにも三分の理というくらいで、そこをなおざりにしたらまともな調書が作成できない」

宮藤の言い分はもっともだったが、一方ではシリアルキラーには常識など通用しないとの思いが拭いきれない。しかし元ストーカーの自分が口にすれば五十歩百歩の誹り（そし）を免れない。

「まあ三分の理というのは嗜好についてなんです。シリアルキラーでも全く無作為に獲物を選んでいる訳じゃない。そこには自ずと獲物としての条件が問題になる。犯人の心理を推し量るのは困難だが当たりをつけることはできる」

宮藤の言う嗜好の問題とは、つまり性的な意味だった。失踪時に被害者の着ていたものは片倉詠美がオフショルダーのブラウス、国部潤子はキャミソール、東良優乃が柄物のシャツ、そして篠崎真須美がタンクトップだったと言う。

「猛暑を記録した日でしたから、東良優乃もシャツの上のボタンは外していたと思われます。あなたも健全な成人男性なら、彼女たちの服装から導かれる共通点がお分かりでしょう」

神足は横に座る紗穂里に遠慮しながら、おずおずと答える。

「胸元、ですか」

「ええ。大きく開いた胸元。徐はそれに惹かれて食指を動かした。本人から聞いた訳じゃないので想像の域を出ないが、現状はそれくらいしか思いつかない」

「でも別宮さんは違うでしょ。別宮さんはあまり胸元の開いた服を着ないですよ」

「別宮さんは以前から徐を知っていたんですよね。技能実習生として入社した頃に日本語の先生を買って出たと。きっと潜在的なものはあったんだろうが、篠崎真須美を襲撃して火が点いたのかもしれませんね」

改めて恐怖が甦ったのか、紗穂里はびくりと肩を震わせる。

「徐は中国の故郷でも同様の犯行を繰り返していたと思われます。脅す訳じゃありませんが、彼は掛け値なしのシリアルキラーです。あなたたちは人のかたちをしたバケモノと一緒に仕事をしていたんですよ」

「……それって脅し以外の何物でもないと思いますけど」

「素人風情が犯人の尾行なんて刑事の真似事までしていたんだ。ちっとは身に沁みてもらわないとな」

どうやら宮藤は、まだ神足を胡散臭く思っているようだった。

ようやく事情聴取からも解放され、神足と紗穂里は警察署から出てきた。

時刻は零時四十五分。既に終電を逃し、寮に戻るにはタクシーを捕まえるしかない。親切心か冗談なのか葛城は警察署に泊まらないかと勧めてくれたが、いくら何でも御免こうむりたい提案だったので断った。

「よかったら泊めてくれないかな」

今はいっときも彼女の傍を離れたくなかった。事件の容疑者が意識不明の重体であるのとは別に、どうにも紗穂里の身が心配でならなかったのだ。

こちらの気持ちを知ってか紗穂里は拒まなかった。

「夜食、碌なものは出せないけど」

「別に食べたくない。と言うか、色々あり過ぎて食欲どころじゃない」

「同感。とても疲れたから、今は一刻も早く部屋に帰って横になりたい」

タクシーを捕まえて紗穂里のマンションへと向かう。やがて落ち着いたらしく紗穂里は軽く寝息を立て始めた。

子供のような寝息を聞いていると、彼女への愛しさが募ってくる。己の前科ゆえに保ち続けた距離が一気に縮まると、今まで抑えていた感情も津波のように押し寄せた感がある。

後部座席にいる間、どれだけ抱き締めたい衝動に駆られたことか。運転手がいなければ自分を抑えていられなかっただろう。ようやくマンションの前に着くと、神足は紗穂里の肩を抱いたままエントランスの中に入っていった。もう二人の仲を同僚の誰に知られても構わないと思った。肩を抱いた手を振り払おうとしないので、紗穂里も同じ気持ちに違いない。

　部屋に入るなり、矢も楯も堪らず彼女を強く抱き締めた。恐る恐る反応を窺っていたが、紗穂里は拒絶せず自分も神足の背中に手を回してきた。

「やっと終わった」

「ああ、終わった。もう誰も尾行しなくていいし、誰も怖れなくていい」

やんわりと神足の腕を解き、紗穂里は額を神足の胸に当てた。

「ありがと。追いかけてくれて」

「いや。僕の手で徐を取り押さえた訳じゃないから、逆に不甲斐なかった」

「間に合ったんだから無問題（モーマンタイ）」

「そう言ってくれると助かる」

「食事は要らないけど、お風呂は入るよね」

言われてやっと思い出した。朝から緊張の連続で、額と言わず腋と言わず大量の汗を掻いていた。自分では気づかないが、他人には臭っているのかもしれない。

「最後にお風呂洗いたいから、友哉が先に入って」

「悪い」

お湯張りはたったの十五分で完了した。

替えの服はどうしたものかとどうでもいいことを考えながら浴室に入る。洗い流す場所だからだろうか、浴室内にも紗穂里の匂いが残っているようだった。寮に設えられた浴槽よりもずいぶんと広く、思いきり足を伸ばせる。お蔭で限界いっぱいだった緊張感がとろとろと湯船の中に溶け出していく。

こうして同じ風呂に浸かり、同じベッドで寝起きするうちに二人の生活が重なっていくのだと思うと、何やら面映ゆかった。

五條美樹久の名前を捨てた時から遠ざけてきた他人との絆が、再び自分の許に訪れた。やっと許されたような気がした。出所した時にも保護司の三反園と語らった時にも得られなかった安堵を、ようやく手に入れた気分だった。

後は紗穂里に自分の素性を明かすだけだった。これから手を取り合って生きていくのなら、自分の本名と前科を明かさない訳にはいかない。

弛緩していた気持ちが再び張り詰める。ストーカー犯罪の前歴を持つ自分を、果たして紗穂里は許してくれるだろうか。今までと同様に接してくれるだろうか。

悶々と想像を巡らせてみたが、結局は彼女の判断に委ねるしかないと結論づけた。今すぐ真実を告げるべきなのか、それとも時間を措くべきか。いずれにしても今は二人とも心身ともに疲れている。明日以降でも構わないだろう。

風呂から上がり、洗面台の鏡に自身を映し出す。まるで憑き物が落ちたようにのっぺりした顔つきだった。バスタオルを探していると洗面ボウルの横に生理用品がきちんと箱詰めにされていた。見てはいけないものを見た気分だが、こうした几帳面さはなるほど紗穂里らしいと感心した。

ドライヤーで髪を乾かし、紗穂里から借りたTシャツに腕を通す。これにも紗穂里の残り香があって心地よい。変態と呼びたければ呼べばいい。好きな女の匂いを嗅いで不快な男などいるものか。

ところが脱衣所を出た瞬間から違和感を覚えた。

どこがどう、というものではない。何かしら理屈に合わないものを見たような気になったのだ。

「お先に」

リビングで待っていた紗穂里と交代して、ソファに身体を沈める。

「眠たくなったら、先にベッドに入っていて構わないから」

言い残して紗穂里は浴室へ消えていく。大して興味もなかったが、紗穂里がつけていたテレビのバラエティー番組に視線を移した。

こんな風にのんべんだらりと時間を過ごすのも久しぶりだ。何げない時間、何げない日常が心を安寧にさせていく。紗穂里と所帯を持てば、こういう時間が毎日訪れるに違いない。

しばらくテレビに見入っているうちに、先刻の違和感が甦ってきた。緊張が解けて思考する余裕が生まれたせいだろう。

自分はいったい何を不審に思ったのだろうか。つらつら考えていると、まるで雷光のようにある光景が脳裏に浮かんだ。

洗面台の鏡の下、洗面ボウルの横にきちんと揃えられた生理用品。

生理用品の替えがないことに気づいたので、最寄りのドラッグストアに買いに行った

――それが紗穂里の証言だったはずだ。

だが生理用品の替えは充分にあった。それを忘れる紗穂里ではない。

では購入後に追いかけられたのか。

違う。

彼女は買い出しに行く途中で徐の尾行に気づき、ドラッグストアには寄れなかったと言っていた。しかも自分や宮藤たちが歩道橋に駆けつけてから今まで、彼女が生理用品を購入した憶えもない。

紗穂里の証言ではあるはずのない生理用品。

疑念が黒雲のように広がっていく。

さっきのは見間違いだったのかもしれないと思った。神足自身、女性の生理用品には明るくない。保湿パックの類を見間違えた可能性も大いにある。

思いつくと居ても立っても居られなかった。どこか後ろめたい気持ちを押しやって、浴室へと足を運んだ。

確かめるだけだ。

自分の思い違いを修正するだけだ。

そう言い聞かせながら脱衣所のドアを開けた瞬間、浴室から出たばかりの紗穂里と鉢合わせした。

初めて直視した恋人の裸。

だが神足の視線は胸の一点に絞られていた。

隆起した乳房の上には見慣れない紋様が浮かんでいた。

裂けたように広がる火傷の痕。深紫色で表面はケロイド状になっている。元の肌が白いために傷痕が尚更目立つ。

不意に宮藤の声が脳裏に甦る。

『大きく開いた胸元。徐はそれに惹かれて食指を動かした』

そうではないとしたら。

胸元にコンプレックスを持つ者が、何の傷痕もない綺麗な肌を目にしたらどんな衝動に囚われるのか。

「君は」

紗穂里の表情が凍りつく。

「まさか」

紗穂里はこちらを直視したまま腕を伸ばす。

その先にカミソリを認めた刹那、目にも留まらぬ速さで腕が動いた。

ひゅっ。

次の瞬間、頬にちくりと痛みが走った。手を添えてみると血が付着していた。

「わあああああああっ」

突然、紗穂里は叫びながらカミソリを大上段に振り上げてきた。すんでのところで身を躱(かわ)したが、刃先がTシャツの端を切り裂いた。

今度は神足が叫ぶ番だった。

ひいと声にならぬ叫びを洩らして逃げ出した。

何が起きたのか、どんな異変が生じたのか判然としないまま、神足は脱兎のごとくリビングへと逃走する。だが哀しいかな、狭小な間取りの中では大した意味もなく、呆気なく袋のネズミになる。

「お、落ち着け」

自然と口から出た。だが紗穂里の耳には届かないのか、彼女は問答無用でカミソリを振り回してくる。防御のために突き出した手が、その度に切られていく。

四度目か五度目か、腕からの出血が無視できないほどになった時、ようやく紗穂里の手を叩いてカミソリが宙に舞った。

だが紗穂里の手は別の得物を探り当てた。リビングのテーブルに置かれていた花瓶。真鍮(しんちゅう)製だと思うが、あれで殴られたら相当な衝撃だろう。

逃げなくては。

焦ったために足が縺(もつ)れ、神足はその場に尻餅をついた。

瞬時に紗穂里が覆い被さる。

「知られたくなかった」

ぎょっとした。

野太く、到底紗穂里の声とは思えなかった。

「あなたにだけは知られたくなかったのに」

上半身を押さえられて身動きが取れないでいると、花瓶を握った手がゆっくりと大きく振り上げられた。まるでスローモーションを見ているようだった。

「やめてくれ」

言葉はなく、紗穂里の顔が一瞬だけ歪んで見えた。

もう駄目だ。

思わず目を閉じた次の瞬間だった。

玄関の方角からけたたましい音がして、人影が雪崩れ込んできた。

「動くなあっ」

聞きたくもない宮藤の声だった。

呆然としているうちに葛城も現れ、手際よく紗穂里の身体を背後から取り押さえた。

どすん、と重い音を発して花瓶が床に落ちる。

「わあああっ、わあああああああっ」

「別宮紗穂里。傷害の現行犯で逮捕する」

紗穂里は捕獲された野生動物のように身を捩ったが、男二人の敵ではない。宮藤に手錠を掛けられても尚、暴れていたが、次第に動きを緩慢にしていく。

神足は呪縛から逃れ、部屋の隅で身を縮めていた。

4

「彼女、やっと落ち着いたらしい」

翌日、再び見えた取調室で宮藤は安堵したような、あるいは失望したような口調で話し始めた。

「気に病むところもあるだろうが、今は専門家が彼女を管理している。心配には及ばない」

「専門家って」

「犯罪心理学者ですよ。犯行態様から一連の殺人が殺人享楽者の仕業ではないかという疑いが常にありましたから」

「僕には、まだ何が何やら全く分からなくて」

「本人もぽつぽつと自供を始めています。現状判明した範囲で説明すると、きっかけは以前の職場で起きた薬品事故だったようですね。メッキ加工には大層な劇物が使用されるみたいですね」

「金属を酸に浸潤させる工程で塩酸や硫酸を使用します」

「その工程で不純物が混入し、酸を満たした槽が爆発。彼女の胸に残った火傷痕はその際に受けた薬傷でした。あんなどえらい傷痕がトラウマになっても不思議じゃない」

紗穂里が夏でも胸元を閉じていたのは、傷痕を隠すためだったのだ。そう言えば初めてベッドをともにした夜も、彼女は決して胸を見せようとしなかった。

「片倉詠美に始まる連続殺人の引き金となったのは、被害女性が胸元を露わにしていたからだそうです。自分の胸はこんなにも醜いのに、彼女たちの肌はとてもすべすべして綺麗だ。そう思った途端、自分を見失い、我に返った時にはもう殺めてしまっていたのだと」

宮藤は憂うように首を振る。

「根っからの殺人享楽者なのか、それとも心神喪失の一種なのか。どちらにしても起訴前鑑定の必要があり、鑑定医の報告を待つより他はないでしょう」

「でも、徐はいったん自分が犯人だと」

「確かに死体の解体や遺棄は徐の仕事でした。しかし殺害は別宮紗穂里の犯行であって、徐は事後共犯に過ぎなかったとわたしは考えています」

「事後共犯。それは彼女も承知していたんですか」

「別宮紗穂里も最初は恐慌に駆られたようです。無理もない。自分が殺して現場もそのままにしていたはずなのに、誰かが死体を持ち去り、しかもバラバラにして遺棄までしているんですから。それがあなたから話を聞くに至って、徐の仕業と判明する。どんな理由かは知らないまでも、徐が自分の犯行を隠蔽しようとしているのだけは察しがついた。徐が自分を尾行しているのは、犯行の後始末をするためだった。本人にしてみれば疑心暗鬼だったでしょうね。到底安心できない。いつ徐が自分を告発するか分かったものじゃない。それで昨夜、罠を仕掛けたんですよ」

「買い出しを理由にマンションを抜け出た件ですね」

「都合がいいことに警官たちは寮の方に固まっている。徐をおびき寄せるには絶好の機会だった。夜陰に紛れて徐を誘導し、目をつけていた歩道橋に連れてくる。彼が階段を上りきったところで不意を突き、真上から突き落とす。彼女を護ろうとしていた徐にしてみれば青天の霹靂だったでしょう。抵抗らしい抵抗もできず転落していった。別宮紗穂里の誤算は彼が即死しなかったことです。担当医の話では九死に一生を得たらしい。間もなく徐からの供述も取れる見込みです」

「それにしても、どうしてあのタイミングで彼女の部屋に突入できたんですか。お蔭で僕は命拾いしましたけど」

「あなたたち二人が署を出た直後、鑑識から報告が上がってきましてね。徐の浴室から押収した残留物の中には被害女性たちの所持品も交じっていたんですが、それらの一部から採取された指紋が、別宮紗穂里のジョッキに付着した指紋と一致したんです。そうなれば彼女を疑うしかない。それでマンションに急行したという次第です」

宮藤の説明で昨夜の流れは大体把握できた。しかし依然として徐の行動の理由が判然としない。

「彼女の手口は単純でした。残っていた被害者の頭部から判明したんですが、後頭部を鈍器で一撃。深い傷で被害女性はひとたまりもなかったでしょうね。昏睡か仮死状態になった彼女たちの胸を、手近にあった石やコンクリート片で散々殴りつけて止めを刺したらしい。ええ、ちょうど自分の傷痕の辺りです」

「……彼女はどうなるんでしょうか」

「刑法第三十九条の一、心神喪失者の行為は罰しない。二、心神耗弱者の行為はその刑を減軽する」

忌々しそうな、どこか諦観を帯びた口調だった。

「鑑定の結果次第ではその条文が適用されるかもしれませんね。仮に無罪になったとしても、彼女が元の生活に戻れる可能性は、まあ……」

珍しく宮藤は言葉を濁した。それが判断の難しさによるものなのか、それとも神足に対する配慮なのかは区別がつかなかった。


更に数日後、神足は病院を訪ねた。

意識を回復した徐は未だ絶対安静の身の上だったが、短時間ならという担当医の許可を得て面会が叶ったのだ。

紗穂里の逮捕を聞き、徐は消沈したままだったらしい。病室を訪れた時も神足を見上げる目には生気が感じられなかった。

「迷惑ヲカケマシタ」

頭を振ろうとするのを、神足は慌てて止める。

「迷惑だったのは、あんたの方だろ。警察には全部話したんだってな」

「……隠シテイテモ、ショウガナイト説得サレテ」

「紗穂里を助けようとしてくれたらしいな」

「アノ人ニハ恩ガアリマス」

「日本語を教えてくれた件かい」

「本当ニ嬉シカッタデス。言葉ノ通ジナイ怖サ、外国人デナイト分カラナイ。怖クテ心細クテ、ソンナ時ニ別宮サンガ助ケテクレタ。ワタシニハ神様ミタイデシタ」

紗穂里の犯行は偶然に目撃したとのことだった。死体を放置して立ち去る彼女を見送った後、後始末をするのが自分の使命と誓ったらしい。それからのことは宮藤が推理した通りだ。徐は始終紗穂里を尾行し、彼女が殺めた女性たちの死体をせっせと寮の自室に運び入れて少しずつ解体した。最後の犠牲者となった篠崎真須美の場合は現場付近を警察官が警備していたので、仕方なく側溝に押し込むのが精一杯だったのだ。

「ワタシニデキルノハ、ソレダケデシタ」

「でも死体の処理だよ。そんな物騒で大それたことをどうしてやろうと決めたんだい」

「中国ノ生マレタ村デモ同ジコトヲシテイマシタカラ」

「おい、それって」

『トテモ悪イ仲間ガイマシタ。村ノ女ヲ攫ッテハ殺シテイタ。ワタシハ殺シテイマセンケド、イツモ死体ノ処理ヲサセラレテイマシタ」

解体を平然とこなしていたのは、それが理由だったか。

徐の言葉がどこまで真実かは確かめようもない。しかし、今は彼の言葉を信じたいと思った。

「別宮サン、コレカラドウナリマスカ」

我が身より先に紗穂里の心配をしてくれるのか。

初めて徐に親しみを覚えた。

「鑑定医……医者や警察の話を総合すると死刑だけは免れるかもしれない。まだ検察官がどう判断するかは分からないけど」

「ワタシハ祈ッテイマス」

徐は静かに目を閉じた。

「アンナニ良イ人ガ人殺シヲスルナンテ間違イデス」

「彼女の犯行をずっと目撃していたのに」

「アレハ神様ノ間違イダッタンデス」

神様のエラー。

彼女の行為を弁護するには、一番適した言葉のように思えた。

病室を出ると矢口が待っていた。

「よお。元気そう……でもないか」

「また失くしてしまいましたから」

溜めていた感情が溢れ出そうになる。矢口には真情を吐露しても許される気がした。

「折角、新しい感情を見つけられたと思ったのに、また僕の手から離れてしまった。新しい名前も、新しい相手も、新しい仕事も、新しい生活も何の意味もなくなってしまいました」

よく平然と話ができるものだと我ながら感心する。

不意に目の前が熱くなった。

「僕に名前と戸籍をくれた本物の神足友哉も死んだ。本当にね、僕は全部失ったんですよ。もう何も残っていない」

「そりゃあ早合点てもんだ」

矢口はやんわりと否定した。

「人間、生きていたら何かしら手に入れるようにできている。手に入れたものに価値を見出すかどうかは本人次第だけどな」

「説教臭いですよ。まるでジジイみたいだ」

「年上てのは説教する生き物だからな。説教ついでにもう一つ言ってやる。失くしたものが惜しけりゃ、もう一度取り戻したらいい」

「他人事みたいに言うな」

「他人事だから言ってるんだ。言い換えりゃ手前のことだぞ。しばらくは気落ちしてやる気も出ないだろうけど、いつまでもそのままって訳にもいくまい。俺だって慰め続けるような甲斐性なんて持ち合わせていない」

「どうすればいいんですか」

「気を悪くせずに聞けよ。大体、他人の名前を借りてまで生きようとしたんだろ。その図々しさをまた発揮すればいい。この世は図々しいヤツから生き残れるようにできている。大体な、お前が凹んでもお前を嗤いたいヤツを喜ばせるだけだ。そんな真似はやめとけ」

「……大雑把な励まし方だな」

「それも生きていくための秘訣だと思うがね。さてと、もうすぐ昼飯時なんだが」

「まだ食欲が湧きません」

「食欲なんて関係あるか。無理してでも食え」

　矢口は乱暴に肩を摑んできた。

「胃袋が空だと碌なことを考えなくなる。腹を一杯にして、冷たい水をひと息に飲み干して深呼吸してみろ。それだけでずいぶん気分が変わる」

やはり大雑把だと思ったが、もう拒む理由を考えつかなかった。

溢れ出そうになる涙を堪えながら、今日のところはこの大雑把な先輩の忠告に従おうと思った。

明日のことは明日になってから考えよう。

『ワタシニデキルノハ、ソレダケデシタ』

奇遇だな、徐さん。

俺にできるのも、今はこれだけなんだ。

神足は矢口とともにまた歩き出した。

解　説

宇田川拓也

なにか痛ましい事件についての報道を目にしたり耳にしたりしたとき、その内容だけでなく、事件現場と住まいとの距離によっても感じ方は変わってくるものだ。たとえば同じ都道府県程度なら、まだ冷静さを保つことができるだろう。けれどそれが同じ市区町村になると、関心の度合いが一気に高まる。さらに同じ区域にまで近くなると、さすがに他人事ではなくなり、驚きとともに強い緊張と恐ろしさを覚えてしまうに違いない。では、もしもそのような事件を身近で引き起こした凶悪な犯人が、よりにもよってあなたのすぐ隣の住人だったとしたら——。

中山七里『隣はシリアルキラー』は、タイトルを想像しただけで心がざわざわと波立たずにはいられない、不穏な内容であることが容易に察せられる長編小説だ。けれど、そうした予想のままには終わらない奥の深さも備えていて油断ならない。

物語は、真夏の深夜から幕が上がる。

東京都大田区にあるメッキ加工を主軸とする工場で働く神足友哉（こうたりともや）は、隣室から響くシャワーの音で目が覚める。独身寮はトイレや入浴時の生活音が盛大に洩れる安普請で、隣の住人は二日前から夜中になるとシャワーを使うようになり、こんな時間にもかかわらず音洩れに配慮しない様子を腹立たしく感じていた。隣人の名前は徐浩然。顔を合わせたことはないが、工場が年に数人採用している外国人技能実習生のひとりと思われた。
　ところが今夜はそこに、別の音が加わる。なにかを切り落として洗い流す、まるで料理店の厨房で食材を捌いているような、ぐし、ぐし、ぎりっ、ぎりっ、どんっ、という乱暴で粗雑な音。まさか風呂場で料理の仕込みなどするはずもなく、つい神足は恐ろしいことを想像してしまう。徐が浴室で返り血を浴びながら、悦びの表情を浮かべて死体の解体に勤しんでいる姿を……。

　なんともおぞましい想像力を掻き立てられるオープニングで、読む者をたちまち物語に引き込むという点ではこれ以上ない出だしである。中山七里作品にはこれまでにも、体をY字に裂かれて内臓を抜き取られた死体が公園で発見される『切り裂きジャックの告白』（二〇一三年）、身体の自由を奪われたまま餓死させられた死体がアパートで見つかる『護られなかった者たちへ』（二〇一八年）など、序盤のショッキングな場面で読者の目を釘付けにし、先を追わずにはいられなくしてしまう作品がいくつもある。なかでもその惨たらしさで最右翼に挙げられるのが〈カエル男〉シリーズで、『連続殺人鬼カエル男』（二〇一一年）ではフックに掛けられマンションの十三階からぶら下げられた女性の全裸死体を皮切りに、一読忘れがたい凶行がつぎからつぎへと描かれる。また、『連続殺人鬼カエル男ふたたび』（二〇一八年）には、品行のよろしくない登場人物がじわじわと味わう激痛必至の手口が臨場感たっぷりに描写される箇所があり、うへえと顔が歪(ゆが)んでしまったほどだ。

無論こうした空恐ろしい出だしや場面の数々が、ただいたずらに読み手を刺激するためだけの演出として用意されているわけではない。その効果については後述するのでいったん措(お)くとして、恐ろしい妄想に囚(とら)われてしまった神足に話を戻すとしよう。

安眠を妨げられ、危険な薬剤を扱うメッキ加工の仕事にも支障を来すほど寝不足と疲労が蓄積した神足は、同じ作業区で働く一年先輩の矢口正樹、工場の最終検査員である別宮紗穂里、親しいふたりにこれまでの経緯を話すが、なかなか自分の想像を信じてもらえない。

五日前から工場の近所では若い女性が行方不明になっており、遡ること三か月前には大田区蒲田の住宅街で女性の死体の一部が発見されている。ますます徐が風呂場で死体を解体しているとしか思えなくなった神足は、大井埠頭の埋立地で女性のものと思われる切断された両足が新たに見つかったこと、さらにある夜、徐の後をつけて衝撃的な場面を目撃してしまったことから、やはり奴(やつ)は危険なシリアルキラーであると確信する。

ところで、このタイトルにも用いられている〝シリアルキラー〟という呼び名だが、トマス・ハリス『羊たちの沈黙』（一九八八年　※以降の西暦はすべて原著刊行年）を境に、怪異や超常現象ではなく、恐ろしい人間の狂気や殺人者の異常性を扱った、サイコ・ホラー、あるいはサイコ・スリラーと称される小説・映像作品が続々と生み出されたことで一般にも広く浸透していった。しかしそのせいで逆に正確な意味が薄れてしまい、なんとなく「ひと殺しをためらわない凶悪な犯罪者」「殺人に快楽を覚える異常者」といった印象を抱いている向きも少なくないのではないだろうか。

前述の『羊たちの沈黙』と、その前日譚である『レッド・ドラゴン』（一九八一年）を執筆する際にハリスは、米国の連邦捜査局ＦＢＩの行動科学課を訪ね、心理学的プロファイルを作成して連続殺人犯や性的異常殺人者の逮捕を手助けする心理分析官（プロファイラー）のロバート・Ｋ・レスラーを取材している。レスラーとトム・シャットマンの共著で、日本でもベストセラーとなった『ＦＢＩ心理分析官　異常殺人者たちの素顔に迫る衝撃の手記』（一九九二年）によると、一定の期間を挟みながら獲物を狩るように殺人を続ける連続殺人犯＝シリアルキラーという名称は、レスラーが英国警察アカデミーのセミナーに参加した際、連続して行われる犯罪についてあるひとが話しているのを耳にし、それまで使われていた「通り魔殺人」という呼び名よりも同一犯人が繰り返し行う殺人を特徴づける適切な表現だと思いついて、講義などの折に使い始めたのだという。こうした名称にはほかにも、短期間に複数の場所で殺人を犯す〝スプリー・キラー〟、同じ場所・時間帯で多くの人間を殺傷する大量殺人者〝マス・マーダー〟といったものもあるが、閑話休題。

　こうして、同じ職場で働く隣人がまさかのシリアルキラーだったという絶望的な状況に陥る神足だが、警視庁捜査一課刑事の宮藤が登場してから意外な展開が訪れる。物語は若い女性ばかりを狙った連続殺人事件を追いつつ、主人公である神足の過去にもスポットを当てていくのだ。その理由をここで述べることは控えるが、本文庫に先駆けて刊行されている本作単行本の帯にあった「怖すぎて眠れない。徹夜必至のホラーミステリ！」という惹句の、ホラー／ミステリ――ふたつの要素のうちの〝ミステリ〟の面がいよいよここから発揮されていくのである。

　ではここで、先ほど措いたままになっていた、あえて空恐ろしい出だしや場面を使って読み手の目を釘付けにする演出の効果について改めて触れると、それは人間の狂気や異常性の為せる業と思われた凶悪な犯罪の裏側にある、同じくらい残酷かつ深刻で、ひとを不幸にしてしまう根深い問題が現代社会にはあることを、謎解きと強烈なサプライズを通じてより強く打ち出し、際立たせるために他ならない。

　中山七里作品には法律や制度をはじめ、様々な社会問題に鋭く切り込んだ内容のものが少なくないが、本作も決して無関係ではない。隣人が恐ろしい人物だったことで主人公が強迫観念に苛まれていく前半でのホラー的な絵柄が、どのような形に変異を遂げるのか。そのミステリとしての一番の読みどころを経て示されるのは、大きなものを失った人間たちの姿であり、世知辛い世の中であるがゆえにやさしさや思いやりが歪な形で影響を及ぼしてしまった不幸だ。

真相が詳らかにされたとき、本作でキーパーソンを務めた人物たちを振り返りながら、きっと誰もが思うはずだ。一度は足を踏み外した者にも、せめてやり直しのスタート地点に立つことができる寛容さがあったなら。社会的に存在しない人間——そんな矛盾が生まれることのない世の中であったなら。癒し切れない深い傷を抱えても、その苦しさと悔しさを隠さずに分かち合えるような関係を当たり前に築けるひととひととの信頼がもっとあったなら。出自を理由に人生が左右されることもなく、心細さと理不尽にじっと耐えなくてもまっとうに生きていける正しい環境であったなら。

きっと隣人がシリアルキラーだったと震え上がるのと同じくらい恐ろしいこととして、斯様に欠点ばかりのままならない世相ともひとは向き合っていくべきなのだろう。

簡単には変わらないことばかりで、思わず天を仰ぎそうになるが、ラスト二ページを読むと胸に熱が点る。あのじつに不穏な出だしの果てに、まさかこんな予想外の景色と読後感が得られようとは。どんでん返しを上回る、これぞ本作最大の驚きである。

（うだがわ・たくや　書店員　ときわ書房本店　文芸書・文庫担当）

本書は、二〇二〇年九月、集英社より刊行されました。
初出「小説すばる」二〇一八年五月号～二〇一九年二月号

中山七里の本

アポロンの嘲笑

東日本大震災直後に起きた殺人事件。容疑者として逮捕された男は、余震の混乱に乗じて逃走し、ある場所へと向かうのだった。壮絶な社会派サスペンス。

中山七里の本

TAS（タス） 特別師弟捜査員

学園一のアイドルが死んだ。これは事故か、それとも!? 同級生の男子高校生と従兄弟の刑事は潜入捜査を開始する。ノンストップ学園ミステリー。

集英社文庫

長月天音　ただいま、お酒は出せません！
中野京子　芸術家たちの秘めた恋 ―メンデルスゾーン、アンデルセンとその時代
中野京子　残酷な王と悲しみの王妃
中野京子　はじめてのルーヴル
中野京子　残酷な王と悲しみの王妃2
長野まゆみ　上海少年
長野まゆみ　鳩(はと)の栖(すみか)
長野まゆみ　若葉のころ
中原中也　汚れつちまつた悲しみに…… ―中原中也詩集
中場利一　シックスポケッツ・チルドレン
中場利一　岸和田少年愚連隊
中場利一　岸和田少年愚連隊 血煙り純情篇
中場利一　岸和田少年愚連隊 望郷篇
中場利一　岸和田のカオルちゃん
中場利一　岸和田少年愚連隊 外伝
中場利一　岸和田少年愚連隊 完結篇

中場利一　その後の岸和田少年愚連隊 純情ぴかれすく
中部銀次郎　もっと深く、もっと楽しく。
中村安希　インパラの朝 ユーラシア・アフリカ大陸684日
中村安希　食べる。
中村安希　愛と憎しみの豚
中村うさぎ　美人とは何か？ 美意識過剰スパイラル
中村うさぎ　「イタい女」の作られ方 自意識過剰の姥皮地獄
中村勘九郎　勘九郎とはずがたり
中村勘九郎　勘九郎ひとりがたり
中村勘九郎 他　中村屋三代記
中村勘九郎　勘九郎日記「か」の字
中村計　佐賀北の夏
中村計　勝ち過ぎた監督 駒大苫小牧 幻の三連覇
中村計　甲子園が割れた日 松井秀喜5連続敬遠の真実
中村航　夏休み
中村航　さよなら、手をつなごう

中村修二　怒りのブレイクスルー
中村文則　何もかも憂鬱な夜に
中村文則　教団X
中山可穂　猫背の王子
中山可穂　天使の骨
中山可穂　サグラダ・ファミリア［聖家族］
中山可穂　深爪
中山七里　アポロンの嘲笑
中山七里　TAS(タス) 特別師弟捜査員
中山七里　隣はシリアルキラー
中山美穂　なぜならやさしいまちがあったから
中山康樹　ジャズメンとの約束
ナツイチ製作委員会編　あの日、君とBoys
ナツイチ製作委員会編　あの日、君とGirls
ナツイチ製作委員会編　いつか、君へBoys
ナツイチ製作委員会編　いつか、君へGirls

集英社文庫　目録（日本文学）

夏樹静子　蒼ざめた告発
夏樹静子　第三の女
夏目漱石　坊っちゃん
夏目漱石　三四郎
夏目漱石　こころ
夏目漱石　夢十夜・草枕
夏目漱石　吾輩は猫である(上)(下)
夏目漱石　それから
夏目漱石　門
夏目漱石　彼岸過迄
夏目漱石　行人
夏目漱石　道草
夏目漱石　明暗
奈波はるか　天空の城　竹田城最後の城主　赤松広英
鳴海章　幕末牢人譚　秘剣　念仏斬り
鳴海章　求めて候　幕末牢人譚　弐
鳴海章　凶刃　累之太刀（かさねのたち）　幕末牢人譚　参
鳴海章　密命売薬商
鳴海章　ゼロと呼ばれた男
鳴海章　ネオ・ゼロ
鳴海章　スーパー・ゼロ
鳴海章　ファイナル・ゼロ
鳴海章　レジェンド・ゼロ1985
南條範夫　幕府パリで戦う
西木正明　わが心、南溟に消ゆ
西木正明　夢顔さんによろしく(上)(下)　最後の貴公子・近衛文隆の生涯
西澤保彦　リドル・ロマンス　迷宮浪漫
西澤保彦　パズラー　謎と論理のエンタテインメント
西村京太郎　東京―旭川殺人ルート
西村京太郎　河津・天城連続殺人事件
西村京太郎　十津川警部「ダブル誘拐」
西村京太郎　上海特急殺人事件
西村京太郎　十津川警部　特急「雷鳥」蘇る殺意
西村京太郎　十津川警部「スーパー隠岐（おき）」殺人特急
西村京太郎　十津川警部　幻想の天橋立
西村京太郎　殺人列車への招待
西村京太郎　十津川警部　四国お遍路殺人ゲーム
西村京太郎　祝日に殺人（ころし）の列車が走る
西村京太郎　十津川警部　修善寺わが愛と死
西村京太郎　夜の探偵
西村京太郎　十津川警部　愛と祈りのJR身延線
西村京太郎　幻想と死の信越本線
西村京太郎　十津川警部　飯田線・愛と死の旋律（メロディ）
西村京太郎　明日香・幻想の殺人
西村京太郎　十津川警部　秩父SL・三月二十七日の証言（アリバイ）
西村京太郎　九州新幹線「つばめ」誘拐事件
西村京太郎　十津川警部　小浜線に椿咲く頃、貴女は死んだ
西村京太郎　門司・下関　逃亡海峡

集英社文庫　目録（日本文学）

集英社文庫　目録（日本文学）

野口卓　新しい光　めおと相談屋奮闘記
野口卓　親と子　めおと相談屋奮闘記
野﨑まど　HELLO WORLD
野沢尚　反乱のボヤージュ
野中ともそ　パンの鳴る海、緋の舞う空
野中柊　小春日和
野中柊　このベッドのうえ
野茂英雄　僕のトルネード戦記
羽泉伊織　ヒーローはイエスマン
萩本欽一　なんでそーなるの！　萩本欽一自伝
萩原朔太郎　青猫　萩原朔太郎詩集
橋爪駿輝　さよならですべて歌える
橋本治　蝶のゆくえ
橋本治　夜
橋本治　幸いは降る星のごとく
橋本治　バカになったか、日本人

橋本治　結婚
橋本紡　九つの、物語
橋本紡　葉桜
橋本長道　サラの柔らかな香車
橋本長道　サラは銀の涙を探しに
蓮見恭子　バンチョ高校クイズ研
馳星周　ダーク・ムーン(上)(下)
馳星周　約束の地で
馳星周　美(ちゅ)ら海、血の海
馳星周　淡雪記
馳星周　ソウルメイト
馳星周　雪炎
馳星周　パーフェクトワールド(上)(下)
馳星周　陽だまりの天使たち　ソウルメイトII
馳星周　神奈備
馳星周　雨降る森の犬

羽田圭介　御不浄バトル
畠山理仁　黙殺　報じられない"無頼系独立候補"たちの戦い
畠中恵　うずら大名
畠中恵　猫君
畑野智美　国道沿いのファミレス
畑野智美　夏のバスプール
畑野智美　ふたつの星とタイムマシン
はた万次郎　北海道青空日記
はた万次郎　ウッシーとの日々1
はた万次郎　ウッシーとの日々2
はた万次郎　ウッシーとの日々3
はた万次郎　ウッシーとの日々4
花井良智　美しい隣人
花井良智　はやぶさ　遥かなる帰還
花村萬月　ゴッド・ブレイス物語
花村萬月　渋谷ルシファー

集英社文庫

隣(となり)はシリアルキラー

2023年4月25日　第1刷
2023年5月23日　第2刷

定価はカバーに表示してあります。

著　者　中山七里(なかやましちり)

発行者　樋口尚也

発行所　株式会社　集英社
東京都千代田区一ツ橋2-5-10　〒101-8050
電話　【編集部】03-3230-6095
【読者係】03-3230-6080
【販売部】03-3230-6393(書店専用)

印　刷　凸版印刷株式会社

製　本　加藤製本株式会社

フォーマットデザイン　アリヤマデザインストア　　マークデザイン　居山浩二

ISBN978-4-08-744514-5 C0193